N
酸不溜的橡樹
愚蠢溪
往大海

公園
小路與
小塔的
人類巢窩
梣樹道

By Rowan and Yew

樹精靈之歌 2 完結

Melissa Harrison 梅麗莎 · 哈里森——著 謝維玲——譯

樹精靈之歌 2（完結）

By Rowan and Yew

作者：梅麗莎・哈里森（Melissa Harrison）｜繪者：蘿倫・奧荷拉（Lauren O'Hara）｜
譯者：謝維玲

小樹文化股份有限公司

總編輯：蔡麗真｜副總編輯：謝怡文｜責任編輯：謝怡文｜校對：林昌榮｜行銷企劃經理：林麗紅｜行銷企劃：蔡逸萱、李映柔｜封面設計：周家瑤｜內文排版：黃雅藍

讀書共和國出版集團

社長：郭重興｜發行人：曾大福｜業務平臺總經理：李雪麗｜業務平臺副總經理：李復民
實體通路組：林詩富、陳志峰、郭文弘、賴佩瑜、王文賓、周宥騰｜網路暨海外通路組：張鑫峰、林裴瑤、范光杰｜特販通路組：陳綺瑩、郭文龍｜電子商務組：黃詩芸、陳靖宜、高崇哲｜專案企劃組：蔡孟庭、盤惟心｜閱讀社群組：黃志堅、羅文浩、盧煒婷｜版權部：黃知涵｜印務部：江域平、黃禮賢、李孟儒

發　行：遠足文化事業股份有限公司

地址：231新北市新店區民權路108-2號9樓

電話：(02) 2218-1417｜傳真：(02) 8667-1065

客服專線：0800-221029｜電子信箱：service@bookrep.com.tw

郵撥帳號：19504465遠足文化事業股份有限公司

團體訂購另有優惠，請洽業務部：(02) 2218-1417分機1124

法律顧問：華洋法律事務所 蘇文生律師

出版日期：2022年11月30日初版

ISBN 978-626-96756-0-9（平裝）
ISBN 978-626-96495-9-4（EPUB）
ISBN 978-626-96495-8-7（PDF）

國家圖書館出版品預行編目（CIP）資料

樹精靈之歌2：柯斯塔圖書獎、原野紀錄寫作獎暢銷作家自然寓言／梅麗莎・哈里森（Melissa Harrison）著；蘿倫・奧荷拉（Lauren O'Hara）繪；謝維玲 譯 -- 初版 -- 新北市：小樹文化股份有限公司出版；遠足文化事業股份有限公司 發行，2022.11
面；　公分 --
譯自：By Rowan and Yew
ISBN 978-626-96756-0-9（平裝）
1. 兒童文學　2. 自然文學　3. 奇幻故事
873.596　　111017315

Original English language edition first published in 2021 under the title *BY ROWAN AND YEW BOOK 2* by The Chicken House, 2 Palmer Street, Frome, Somerset, BA11 1DS

「大遷徙的時刻到了，冬候鳥——
野雁、天鵝和鴨族、白眉歌鶇和田鶇——
都飛來了，而我們的夏候鳥正在告別……」

——出自BB《秋老虎》（*Indian Summer*）

各界推薦

「充滿大自然魔力且迷人的冒險……每一頁都讓我愛不釋手。」

——克里斯多夫・埃奇（Christopher Edge，卡內基兒童文學獎STEAM兒童圖書獎、Brilliant Book Award獲獎者）

「合宜並帶有魔幻的故事，這本書可以開啟孩子的視野，看見驚奇的自然世界。」

——娜塔莎・法蘭特（Natasha Farrant，兒童文學作家、柯斯塔圖書獎獲獎者）

「每一頁都充滿驚奇的自然世界，有很多東西要學，但都是純粹的快樂。」

——皮爾斯・托代（Piers Torday，英國兒童文學作家）

各界推薦

「我喜歡跟著《樹精靈之歌1》裡的小苔和好朋友們一起出發，去尋找真的能看見他們並幫助他們拯救大自然的人類小孩，但我沒有想到他們的回家之路會那麼危險，儘管有一群新的動物朋友伸出援手！梅麗莎·哈里森精采的《樹精靈之歌1＋2》帶給了我一個重要訊息：也許我們能幫助隱族小矮人，並且把對地球的關懷落實在生活中。我要試試看。」

——巴瑞·康寧漢（Barry Cunningham，Chicken House社長）

目錄

Part 1

花楸樹

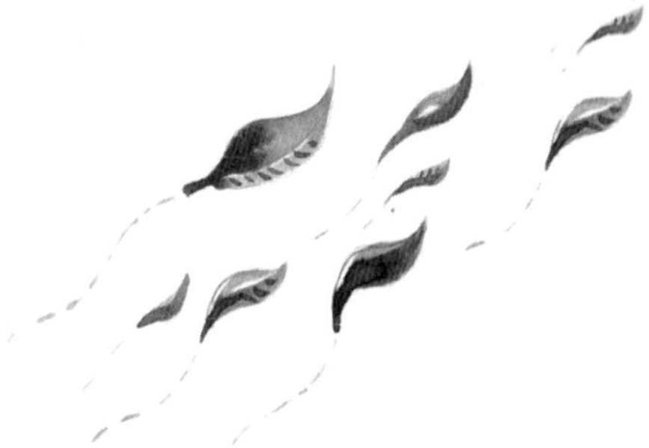

Part 2

紫杉

Part 1

花楸樹

Chapter 1

揮別人類巢窩

當隱族小矮人準備出發前往梣樹道時，

成員在最後一刻有了變化。

現在是九月初，儘管白天晴朗溫暖，夜晚卻已經開始變涼。市中心的一座小公園裡，薔薇果、山楂果和花楸果正逐漸成熟，馬栗也開始砰砰砰的掉到地上；這些外表光滑而吸引人的馬栗躺在樹下，有些還沒完全脫離綠色的尖刺外殼，有些則散落在草叢之間。

在杜鵑花叢下方的落葉堆裡，藏著兩個用蝙蝠皮做成的小帳篷，帳篷旁邊有兩個盤腿坐著的隱族小矮人正在製作馬栗碗。這兩個小矮人大約跟你的手掌差不多高，其中一個穿著青蛙皮連身衣，左手和左腳都是透明的，正拿著一把借來的刀子，小心翼翼沿著馬栗外圍割出一條線，那把刀子上刻著「史丹利」的字樣。另一個小矮人全身清楚

可見，他戴著一頂橡實殼斗帽坐在旁邊，正在用一張看起來像是被丟棄的手機SIM卡挖掉馬栗內部的白色果肉。儘管現在是放學時間，而且有幾個青少年坐在長椅上吃薯條、聊天，但沒有人發現任何異狀——他們完全不覺得自己應該注意身邊的環境。

「好了！」小苔得意的把半顆馬栗放到旁邊，「我們只要擦亮果殼內部就行了。」

「這個夏天，我們從哈布人那裡學會很多『宅居』生活技巧，所以向他們展現一下我們的野外技能也不錯。」酸不溜小心翼翼把刀子收起來，「你想想，他們可能連馬栗都沒見過！是不是很奇怪？」

「非常奇怪。」小苔說。接著他站起來，做了幾個溫和的伸展動作。被貓咬傷留下的疤痕有時還是會痛，不過動動身體會有點幫助。一想到當時的情況可能會更糟，小苔就害怕極了，所以他盡量不去想，何況他們需要馬上展開重要行動，來防止族人從野世界消失。

整個夏天，小苔和幾乎完全消失的老雲，都跟他們的新朋友小路和小塔一起住在公寓大樓深處的祕密處所裡。酸不溜和阿榆因為喜歡睡在戶外，所以在小公園裡紮營，但大家每天都會見面。

在松鼠奇普和巴德的協助，以及椋鳥閃閃的建議下，四個隱族小矮人已經漸漸習慣人類巢窩的生活，也培養出令閃閃讚許有加的「生存技能」。他們知道哪裡能去、哪裡不能去、一天當中的哪個時段比較安全，以及如何在不被人類發現的情況下出外活動。老雲的身體幾乎全部消失了，所以對他來說，這是輕而易舉的事；對於大膽且喜愛野外活動的阿榆來說，這也是他擅長的事。還好大多數人類不太注意周遭的野世界，只會注意彼此、商店以及他們經常拿在手中的黑色小板子（身為發明家的酸不溜覺得那種黑色板子看起來很有趣，還花了很多時間推測那是什麼東西）。

「感覺怎麼樣？」酸不溜問。這時候，他們開始用柔軟的金銀花葉磨亮馬栗碗的內側。

「喔，恢復得差不多了，只是沒想到要花這麼久的時間。我知道大家等不及要回到梣樹道，對不起，都是我耽誤了。」

「別說傻話了，小苔！這不算浪費時間，我們已經為族人在野世界裡尋找新角色起了個頭：阿榆在我們能到達的每塊光禿禿土地上撒下野花種

子；我每天都在撿垃圾；而且老雲的講座『如何避開毒害：現代巢窩居住指南』也非常受歡迎——雖然只有蛞蝓來聽。」

「但情況還是一樣，」小苔焦急的說，「正在消失的人還是在消失——老雲、你、阿榆。也許潘神還沒注意到我們在做什麼，也許我們還沒真正理解『好人羅賓』的箴言。」

「你是說『梣樹、橡樹和山楂樹挺立在世界之初，花楸和紫杉將讓它新生再現』這首詩嗎？」酸不溜說，「小苔，我們還有時間，等回到你們的老家以後，我們會好好解開這首詩的意思。無論如何，你不覺得稍微了解人類巢窩、認識不同生物和習性，對我們來說是件好事嗎？假如一輩子只待在一個地方，你會以為自己很懂一切的一切，但事實上你只了解自己和朋友！」

他們靜靜工作了一會兒。在他們上方，最後一批燕子和毛腳燕在蔚藍的秋季天空盤旋飛行，把昆蟲盡量塞進嘴裡，為飛往非洲的長途旅程儲備體力。

「有沒有覺得最近這幾天的氣氛不太一樣？」過了一會兒，酸不溜說，「我說不出到底哪裡不一樣，也許只是馬栗，還有開始轉涼的夜晚。」

跟所有野生動物一樣，隱族小矮人可以察覺到季節的轉變，就像瓢蟲知道何時該冬眠，青蛙知道何時該繁衍下一代。

「我懂你的意思，」小苔說，「我覺得不只有我們這樣想。昨天晚上在捕蟋蟀的時候，阿榆似乎變得很安靜。」

「對，」酸不溜若有所思的說，「我想我們都有一樣的感覺，連老雲也是。變化即將到來，是時候了。」

磨好的馬栗碗從裡到外都很光滑，看起來很漂亮。小苔小心翼翼的捧著它們，跟著酸不溜從小公園出發，沿著熟悉的路線前往小路和小塔家。公寓大樓裡有個金屬格柵，可以通往一樓樓梯間下方的黑暗通道，他們悄悄穿越公寓底下和四周的管道、縫隙和走廊，最後終於來到哈布人的舒適住所，那裡有一根銅製熱水管可以讓屋內保持溫暖，感覺相當舒適。有那

麼一會兒，小苔突然感傷了起來，因為他想到大家很快就需要再次出發、進入未知的世界。

「你們好！今天晚上沒有跟阿榆在一起嗎？」小路說，「真是太可惜了。你們手上拿的是什麼？」

小苔面帶微笑，把馬栗碗拿給小路和小塔，這讓他們很高興。

「好特別喔，你們一定要告訴我們是怎麼做出來的！」小路說。

「謝謝你們，我們會永遠珍惜它們的！」小塔說，「你們餓了嗎？現在正好是晚餐時間，快來吃吧。」

哈布人的自豪和喜悅全都展現在餐桌上——那其實是架在兩個空火柴盒上的一本平裝書。書本封面畫了一列紅色火車和一個戴著眼鏡的人類男孩，雖然還印了一些文字，但沒有人知道那是什麼意思，儘管他們對那個人類男孩經常感到好奇，而且有時候在吃完晚餐之後，還會幫他編故事來打發時間。

酸不溜想到一個很棒的主意，只要讓身體正在消失的同伴們戴上帽子，大家就能知道他們的臉在哪兒了。於是，漂浮在一張軟木塞凳子上方的圓錐狀鉛筆刨花，就顯示出老雲正在那裡——它正好取代了在他們騎鴿子飛過人類巢窩上空時，被風吹走的那頂帽子。小苔坐到一張凳子上，旁邊是住在街角商店儲藏室裡的哈布人小窗。他不禁想著在老雲完全消失之前，他們還剩下多少時間。這個想法讓他不寒而慄。

小路和小塔把食物擺到餐桌上，包括從公寓廚房裡偷來的一些起司義大利麵，還有當成甜點的小塊蘋果和李子。阿榆教過哈布人認識當季食物，所以小路和小塔現在經常在戶外覓食。只要知道去哪裡找，人類巢窩裡也有很多野生食物和各種有趣的生物。

就在準備吃飯的時候，他們聽見一聲「哈囉哈囉！」，接著看到阿榆匆匆忙忙的出現，帶來了九月夜晚的美味芳香。當夏天和秋天交接之際，你可以在空氣中聞到這種氣味。那不是花草的香味，而是人類巢窩車流廢氣底下，那些蘑菇和落葉散發出來的微妙秋天氣息。因為春天是生長的季節，秋天則是凋零的季節——而凋零是非常重要的，因為它能為明年創造新的土壤。

「你終於來了！」小塔說，「快坐下，快坐下。你餓了吧？」

「餓扁了。」阿榆說完，立刻狼吞虎嚥吃了起來，大夥兒也跟著開動。有好一會兒，餐桌上只聽得見咀嚼食物的聲音，但沒過多久，說話聲又出現了。

「好，我想到了一個很棒的計畫。」阿榆一邊嚼著起司義大利麵一邊說。大夥兒並不感到意外，因為在小苔養傷的時候，阿榆經常跟椋鳥閃閃和城市狐狸小暮在一起，他們都知道阿榆有個計畫。

「你們都知道，這段時間我經常跟閃閃和小暮在一起，」阿榆繼續說，「我們三個已經想出一個辦法，可以從這裡回到梣樹道——我的意思是，等大家都準備好了以後。」

「是不是又要請鴿子幫忙？」小苔問。儘管他一開始很害怕飛行，但現在回想起來，那段騎鴿之旅是他最快樂的一段回憶。

「不需要。」阿榆回答，「其實我們離梣樹道比你想像得還要近。你知道嗎，我們住在梣樹道的幾百個杜鵑夏天裡，人類巢窩一直在擴大，悄悄的接近我們。我們沒有察覺到這件事是因為我們從來沒有離開過花園。當我們真的離開花園去找表親時，又和鹿一起朝著與人類巢窩相反的方向走，進入偏僻的鄉間，當然，後來我們就騎著鴿子來到這裡了。所以，事實證明，當時可能飛越了我們的老花園！我說的都是真的，閃閃一直在偵察環境，把情況都弄清楚了。」

「所以……其實我們用走的，就可以回去了嗎？」酸不溜幾乎是帶著失望的語氣說，「你們不需要我發明什麼東西嗎？」

「也不完全是這樣。」阿榆說，「我的計畫是，先沿著小暮告訴我的那條巨大金屬軌道走一段路。小苔，別擔心，小暮會跟我們一起走，為我們帶路，讓我們避開有貓的地方。接下來的路程，我們可以靠水的力量來完成，因為有一條河從梣樹道旁邊經過，然後流向大海。酸不溜，你可以開始想想我們要怎麼在河上航行，因為那條河幾乎能帶我們直接回到家！」

大家開始興奮的交談起來，除了老雲和小窗以外，他們看起來若有所思。最後，小窗說話了。

「我只是在想……我會非常想念小苔，還有……也許我可以跟你們一起走？」

「我不認為那是……」阿榆開了口，但就在這時，老雲的聲音從鉛筆

刨花帽底下傳來。

「小窗，我認為這個主意太好了。你是哈布人，非常了解人類和他們製造的東西，這一路上一定會帶來很大的幫助，尤其是……」這時，大家可以聽見老雲用力吞嚥的聲音，「尤其是，我不會跟大家一起走。」

小苔的眼眶全溼了，酸不溜倒抽了一口氣。

「過去這幾個星期，我感覺自己好像……不完全存在。」老雲繼續說，「親愛的好友們，我旅行的日子結束了，你們必須在沒有我的情況下繼續前進，絕對不可以放棄『為隱族小矮人找到新角色』這個重大任務，這樣我們才能永遠留在野世界。你們會答應我吧？因為我即將留在人類巢窩，跟小路和小塔在一起，永遠的住下來。」

Chapter 2

沿著鐵軌前進

到了城市郊區，

椋鳥閃閃帶來了危險的消息。

隱族小矮人沿著鐵路軌道離開人類巢窩，他們前進的速度很緩慢，而且大多在晚上行動，因為那是鐵軌最冷清沉寂的時候。不過有一天晚上，軌道上的轉轍器突然動了起來，發出「噓——噠」的聲音，把排成一直線徒步前進的隱族小矮人嚇了一大跳。原來是負責看守鐵軌的人類正在測試轉轍器，確認它們可以正常運作，用來幫巨大的火車改變行駛方向。有好幾分鐘的時間，他們不斷聽到「噓——噠，噓——噠，噓——噠」的聲音，然後鐵軌才又回到沉寂狀態。當第一輛火車轟隆隆的從他們身邊開過去時，小苔感到很驚慌，還叫了一聲，不過大家都能體諒他。貨運列車帶著一排巨大金屬車廂和似乎永遠停不下來的轟鳴聲經過，小暮用那

雙美麗的琥珀色眼睛冷靜的注視著隱族小矮人，希望他們勇敢的向前走。

天亮了，隱族小矮人和小暮彼此緊靠著，躲在一座鐵路車站月台的尾端，那裡有個雜草叢生且畫著鮮豔塗鴉的磚造路堤。再過幾個小時，車站裡面就會擠滿趕著上班的成年人類，還有要去上學的人類兒童，但現在載客時間還沒開始，所以經過的火車都載運著郵件、包裹、運往超市的食物，以及裝在生鏽漏斗車廂裡一堆又一堆叫做「鐵路道碴」的灰色碎石。

從人類巢窩市中心出發以來的七個夜晚，這五個好友已經走了不少路。有時小暮會讓一、兩個隱族小矮人坐到她的背上，載他們走一小段，但這對她來說並不輕鬆，所以大部分的時間，四個隱族小矮人都靠自己的雙腳行走。此外，現在太陽每天都會比前一天早一點下山、晚一點升起。

火車站是最棒的地方了，那裡整晚都有燈光，而且等人類都離開以後，灰老鼠就會以最快的速度出來亂竄，四處尋找剩餘的食物。當小暮狼吞虎嚥半個丟棄的大漢堡時，小苔試圖擋下一隻灰老鼠，但那些小生物太容易受到驚嚇，沒辦法好好的跟他說話。

過了一會兒，落後一段距離的小窗快步跑上前來，得意洋洋的對大家揮舞著一根可以彎曲的白色塑膠管。但是當小苔問到它的用途時，小窗只是笑了笑，不願多說什麼。

他們繼續沿著磚石路堤前進，車站的燈光也在身後漸漸消失。路上隨處可見人類丟棄的零食包裝袋、塑膠瓶、噴霧罐、破爛的運動鞋、沙包、外帶紙盒和空塑膠袋。

繁殖季節已經結束，鳥兒不需要用歌聲宣示地盤了，這也代表新的一天不再以黎明大合唱揭開序幕。那天早上，當鐵軌上方的天色開始變亮，小苔站著聆聽一隻知更鳥在鐵軌旁的梧桐樹上發出幾聲憂鬱鳴叫，然後又安靜下來。

第一班客運列車轟隆隆的經過，隱族小矮人和小暮來到一棟老舊磚造號誌樓的後方休息，那裡到處都是濃密且帶有尖刺的木賊草，也是一種從古老時代以來，都保持原始模樣的植物。四個隱族小矮人放下背包，倚靠在小暮那毛茸茸又溫暖的白色腹部上，小暮也用尾巴圍住身體，幫他們擋風。在這之後的幾百年裡，小苔沒有忘記那是他們睡過最溫暖、最安全的地方。

「我真的很想老雲。」阿榆低聲說，「我知道我老是把這句話掛在嘴上，但我說的是真的。」

「我也是。」小苔感傷的說。

「還有我。」酸不溜說，「我知道你們跟老雲住在一起好幾百個杜鵑夏天了，但我們四個也一起經歷了很多事，對吧？我們親愛的老朋友不在身邊，感覺真的很奇怪。」

小苔伸出手，捏了捏小窗的手。在團體裡當新人並不容易，而且儘管小苔努力不讓小窗感覺受到冷落，有時還是很難避免。

「小塔和小路是心地最善良的主人，」小窗用令人安心的語氣說，「我想不出有哪個地方比那條熱水管旁邊更適合度過冬天了。等我們找到阻止族人消失的方法，就把老雲找回來，這樣你們又可以在一起了。」

「萬一……萬一……」小苔吐出幾個字之後停了下來，眨著眼睛忍住淚水。看著身體正在消失的阿榆和酸不溜，他必須裝出堅強的樣子才行，但克制害怕情緒是很困難的事。誰也不知道，在他們最年長的朋友完全消失之前，還剩下多少時間，但他們必須向潘神證明野世界仍然需要他們、急切的需要他們。

阿榆嘆了口氣，「我只希望我們可以有個派對，跟大家好好的道別。沒有跟生活在人類巢窩的所有族人說再見就溜走，感覺很奇怪。我知道這是最安全的辦法，但我還是希望可以那樣。」

「奇普和巴德會諒解的，鴿子也是。」小窗說，「重點是，阿榆，人類巢窩和鄉下地方不一樣，那裡的生物總是來來去去，所以你不一定會認識鄰居，就算認識，時間也不見得很長。」

阿榆沒有說話，所以過了一會兒，小窗繼續說：「好，總之，閃閃會向大家解釋一切的。」

「對了，那隻鳥去哪裡了？」酸不溜問，「他應該已經飛來這裡才對，我們都走這麼遠了。」

「他會找到我們的。」阿榆說，然後把小暮柔軟蓬鬆的尾毛像羽絨被一樣蓋在他們身上，「休息一下吧，我累死了！」

「我也是。」小苔說。這時小暮打了個大大的哈欠，露出一條向上彎起的粉紅色長舌頭，然後把下巴靠在她的爪子上、閉上了眼睛。

到了午餐時間，小苔被一陣奇怪的嘟嘟聲吵醒。小暮睜開一隻眼睛，尾巴抽動了一下。酸不溜坐了起來，露出疑惑的表情。阿榆發出一聲哼叫，然後翻了個身，試著重新入睡。

在朦朧的視線中，小苔看見小窗正發出那些聲音。小窗盤腿坐在陽光下，吹著在車站月台上發現的那根白色管子。那根管子的彎頭經過修剪，表面還挖了一排整齊的小孔。

「這是什麼……？」小苔說。

「嗯……你到底在做什麼？」酸不溜問。

「午安！」小窗微笑著回應，「是不是很棒？我已經好多年沒做過這個了，成果讓我很滿意。」

「這是什麼東西？」酸不溜總是很想知道每樣東西的運作方式。

「這是笛子啊！」小窗帶著有點困惑的表情回答，「你知道的，一支

笛子。你們從來沒看過笛子嗎？」

「我沒……什麼印象。」小苔說，然後走過去瞧了瞧，「它是做什麼用的？」

「怎麼說呢，它是用來……用來演奏音樂的，它是一種樂器。」

「什麼？你是說，你是故意製造出這種吵鬧聲？不是出了什麼錯喔？」酸不溜問。

「好，聽著，」小窗有點不高興，「我知道我的技巧還不熟練，但你不需要這樣酸我吧。」

「喔，對不起！我沒有那個意思。」酸不溜說。接著他從小窗手中拿起白色管子，仔細研究它，「你沒有注意到它上面有很多漏洞？真是太可惜了。」

「漏洞？漏洞？當然有漏洞！那是吹氣進去以後空氣跑出來的地方。你聽！」小窗把笛子搶了回來，開始吹一小段曲調，「懂了嗎？」

「啊，我懂了。」酸不溜說，「你吹氣進去，然後把壓住小洞的手指放開，空氣就會跑出來了。」

「對！終於搞懂了！你們真的沒看過笛子嗎？」

「從來沒有。小苔，你看過嗎？」

「沒有。」

「所以……你為什麼要吹它？」

「因為……因為這樣才能玩啊！」

「玩？喔，所以你在玩遊戲嗎？」

「不，玩音樂，我在玩音樂！這是個樂器！喔，我的潘神啊！」

小苔愈來愈不懂了。

「那是你的……『音樂』？」小苔遲疑的說，「你是說，就像鳥發出來的那種聲音嗎？」

一列載滿人類的火車轟隆隆的開過去。他們站在秋天的陽光下對望，完全不知道該說什麼。

「我簡直不敢相信。這實在……沒什麼道理。」那天下午，小窗這麼說。

就在小暮溜去捕老鼠時，四個隱族小矮人吃著用煙燻毛毛蟲香腸做成的熱狗——對小窗來說，這是奇怪的新口味；但對其他人來說，卻是最愛的老味道。那些毛毛蟲身上帶有橘色和黑色條紋，等著長大以後變成朱砂蛾。酸不溜在狗舌草的黃色花朵上，發現了一群毛毛蟲，於是輕輕的抓了四隻起來。

「當然有道理。」阿榆回答。

「隱族小矮人根本不需要創作音樂！我們生活在野外，四周都是鳥，為什麼還要自己弄出那種可怕的嘟嘟聲呢？」

小苔緊張的抬起頭來。雖然阿榆和小窗平常對彼此很有禮貌，但他們似乎不像其他同伴那樣容易相處。有時候生物（和人類）之間就是會發生這種事——沒有人能討所有人喜歡，也沒有必要花這種心思，因為那會讓你無法做自己。儘管酸不溜聰明的置身事外，小苔卻很希望大家可以一直當好朋友，無論可能性有多麼低。

「我相信阿榆沒有冒犯你的意思。」小苔試著緩和氣氛，「我們只是不習慣聽到鳥叫聲以外的音樂。但我們都渴望學習新事物，對不對，阿榆？」

阿榆嗯了一聲。當人們想要表示不同意，卻又不敢大聲說出來時，就會用這種方式回應。

「好吧，我是說我自己。」小苔誠懇的說，「如果你可以教我用那個管子演奏曲子，我會努力學的。」

「我還是想聽真正的音樂，謝謝。我相信小暮也有同樣的感覺。」阿榆氣呼呼的說，「我寧願你沒有在旁邊製造嘟嘟嘟的聲音！」

然而，當他們坐在那裡爭吵時，有件大事即將發生，那是一件將會在野世界和人類身上留下印記的事情。數公里外，在南美洲上空升起的暖空氣與大西洋上空的冷空氣相遇，生成了一股小氣旋。這股小氣旋原本遠在海洋上空，沒有打擾到誰，但它持續增強，而且人類所說的「噴射氣流」，正用難以抵擋的強大力量把它帶往人類巢窩。

Chapter 3

危險的暴風雨

秋風狂吹，

隱族小矮人不得不找地方躲避。

大夥兒踏著沉重的步伐沿著鐵軌前進，完全沒有注意到突然來襲的強風，就連阿榆也一樣。阿榆平常都會追蹤天氣變化，但現在滿腦子卻在想如何說服小暮陪他們一路回到樗樹道。就像哈布人那樣，小暮雖然還有同類（和親戚）住在鄉下，但現在已經成為人類巢窩族民，而且打算很快就回去。不過阿榆對小暮特別有親切感，希望她能留下來。

黃色的樗樹葉開始旋盪在黑暗的空中。原本一路上都能看到的辦公大樓和成排的房屋，現在被運動場、公園甚至小樹林給取代；雖然他們還沒完全離開人類巢窩，但已經可以感覺到郊區和市區的差別。

郊區的火車站比較小，看起來比較古

老，周圍的樹木比較多，空氣聞起來也不一樣。小苔很高興看到這種變化，因為他們正踏入熟悉的世界。然而，小窗卻覺得愈來愈不安，但他決定掩飾自己的感受，因為自出發以來，大夥兒偶爾會取笑「被人類巢窩困住」的生活，而且有些話聽起來不太友善，尤其是從阿榆口中說出來的時候。

「晚安，大家都好嗎？」一個熟悉的聲音說。接著，椋鳥閃閃拍著翅膀直接降落在小暮的背上。以前，這隻狐狸會立刻原地打轉、張嘴猛咬，但自從在尋找小苔的行動中認識大家以後，她已經漸漸喜歡上這隻頑皮的小鳥，所以她只是抽動了三角形耳朵、抖一抖頸部的毛說：「喔，又是你啊。」

其他同伴一擁而上，興奮得又蹦又跳、七嘴八舌的說話。閃閃站在小暮的背上，盡量拉高自己的身體、張開翅膀說：「好，好，好！先讓我喘口氣！」

「老雲怎麼樣？」小苔趁大家說話的空檔大喊。

「小塔和小路呢？」小窗接著說。

「他們都很好。」閃閃點了點光滑的小圓頭，「老雲開始編織東西了，小路和小塔也愈來愈會玩『跳橡實』。說到這裡，松鼠奇普和巴德正忙著把它們埋在公園各個地方，準備留到冬天吃——我說的是橡實，不是你們的夥伴！」然後爆出像小小機關槍一樣的笑聲。

「喔，知道他們都沒事，真的太好了。」小苔說，「我們本來還在擔心呢！嗯，至少我很擔心。」

「為什麼？」閃閃一邊說，一邊拍著翅膀，從小暮忍受已久的肩膀上飛到地面，然後把翅膀整齊的收到背後，開始跟著大夥兒一起走。

「沒什麼，我們以為你會早點飛過來。我們已經走了好幾天了，不確定你能找到我們，我們真的走了很長一段路！」

「首先，你們忘了我有多聰明。再來，沒有人解釋嗎？我最近一直在忙著換羽毛。真不敢相信你們隱族小矮人竟然沒有注意到這一點。」

這隻在春夏季節色彩斑斕的椋鳥，現在換上了樸素的羽毛——顏色比較深，翅膀邊緣是栗色的，胸部和頭部還有整齊的白色斑點。當他原地轉一圈展示自己的新樣貌時，四個隱族小矮人都努力保持正常的表情。

「對啦，對啦，是有點單調，」閃閃說，「我知道，但我每年都要換兩套新裝，而且只需要一套閃亮羽毛在春天時向淑女們炫耀，到了冬天，我就會走……『地下』風格，懂我的意思吧？」

隱族小矮人認真的點點頭，但小暮笑了出來，還露出四顆令人印象深刻的犬齒。

「總而言之，」閃閃繼續說，「我帶來了一些壞消息，不過我想阿榆應該早就知道了。」

阿榆似乎吃了一驚，「我？」

「對，就是你。你知道我要講什麼，對吧？」

阿榆看起來不太自在，小窗則努力壓住笑容。

「天氣啊！」閃閃大喊，然後發出喀噠聲、口哨聲，還有一連串讓大家聽得目瞪口呆的鳥語。

「喔！對！天氣！」阿榆恍然大悟。他急忙看著天空，舔溼了一根手指頭，並且舉起來確認風向，風確實很明顯了，「當然！今天的天氣很……絕對會……」

「絕對會刮大風！」閃閃大聲的說。

海洋上空形成的那股氣旋愈來愈強大，並朝我們這座島移動。幾個小時前，它已經接觸到我們家園的西部角落，狂風暴雨襲擊了美麗的漁村、開闊的沼澤地、鄉鎮和城市。鳥兒已經提早逃離，並且向整個鳥界和其他動物傳達暴風雨即將來臨的訊息，所有聽到或察覺到此事的野生動物，也開始尋找安全的地方躲起來，等待壞天氣過去。

若暴風雨在初秋來襲，是相當危險的，因為樹上的葉子還沒掉落，所以會像船帆，讓樹木更容易被強風推倒。有些鳥兒知道這一點，所以會尋找更安全的地方躲藏，例如灌木叢、荊棘叢或濃密的常春藤叢；然而有些動物會回到平常的棲息地，等過了幾個小時，當暴風雨最猛烈的時候，才會驚慌失措的逃離。

小苔和阿榆清楚記得，他們居住的老梣樹如何受到強風的摧殘；那棵虛弱的老楒樹整個裂開，他們鍾愛的家園也全毀了。酸不溜也很憂慮，不只是因為聽到這個故事，也是因為他曾經住過一棵老樹。但小窗卻難以理解大家為什麼這麼擔心，畢竟哈布人都在屋子裡生活，只會聽到風雨聲，而不會親身經歷。

「對，所以我們得找個地方躲一躲。」阿榆開始掌控情況，「閃閃，你認為我們還剩多少時間？」

「頂多幾個小時。」閃閃回答。

「我們必須遠離樹木。」阿榆繼續說，「小暮、閃閃，你們的行動能力比較強，到外面偵察一下環境好嗎？找個能容納大家的地方。雖然不好找，但還是有機會。小苔、酸不溜，你們可以清點一下食物嗎？看看到底剩下多少，然後平均分配、放進大家的背包裡，以免我們到時候失散了——但願這不會發生。」

「那我要做什麼？」小窗問。

「你只要……別妨礙我們就好了。」阿榆不客氣的回嘴。小苔抬起頭，看見小窗的臉垮了下來。

小暮和閃閃出發時，天色正漸漸變暗。狂風吹亂了小暮的赤褐色皮毛，也讓閃閃一起飛就不停打轉。當酸不溜和小苔把所有食物堆在一起緊急分類時，阿榆開始檢查其他裝備是否整理妥當，包括帳篷和蜘蛛絲睡袋、三條釣魚線、「史丹利」刀、一些有用的鐵絲，還有一條用乾草編成的繩子。

小窗看到草繩其中一段打結了，於是撿了起來，準備解開。

「不要碰它。」阿榆不耐煩的說，然後把繩子搶走。

「我只是想幫忙而已！」

「嗯，不必了。」阿榆立刻回嘴，「每樣東西都要井然有序，我需要知道每樣東西放在哪裡。」

「也許你一開始就不該讓繩子打結。在我看來，這好像不怎麼井然有序。」小窗說。

「拜託不要吵架了，」小苔懇求，「我們還有比一條舊繩子更重要的事需要擔心。」

「聽著，小窗，」阿榆帶著怒氣低聲說，「我知道自己在做什麼，我不

需要幫忙，好嗎？」

因為沒有察覺到即將來臨的暴風雨，阿榆覺得自己害得大家陷入了危險的處境。大多數人都知道，在這種情況下你可能容易發脾氣，還會用各種方法避免承認自己的錯誤，而斥責別人就是其中一種方法——這正是阿榆現在的樣子。

但小窗也不怎麼友善，畢竟阿榆一直用嘲笑和無禮的語氣批評他的音樂。

「好，你說你不需要幫忙，」小窗說，「但如果沒有閃閃，我們就沒有機會做好準備，應付這場讓大家害怕的暴風雨，所以你可能需要重新想想自己說的話。」

「有人提到我嗎？」閃閃問。在一陣狂風阻擾之下，閃閃用不太優雅的姿勢完成了三點著陸。一列載滿人類、亮著黃色燈光的火車開了過去，轟隆隆的聲響增添了緊張感和壓力感。阿榆氣嘟嘟的走上路堤，口中碎唸著「人類巢窩宅咖根本什麼都不懂」之類的話。

「喔，沒什麼。」酸不溜嘆了口氣，「小窗只是在說，我們很高興你找到了我們。」

「你們是不是吵架了？說實話。」閃閃說。

「我們只是在擔心天氣而已。」小苔回答，「你有找到避難的地方嗎？」

「附近有個垃圾站，就在人類把一種圓滾滾的東西踢來踢去的大草地旁邊。你們可以從大門底下穿過去，然後躲在垃圾桶下面，雖然可能會有點臭，但那是我能找到最好的地方了。」

酸不溜重新扣上背包、掂掂重量，然後抬起頭說：「就這麼做吧。等小暮回來，我們立刻出發。」

「對了……問題是，」閃閃說，「我想小暮沒辦法穿過那道大門的欄杆。她需要另外找個地方。」

三個小矮人互相看了看。天已經黑了，而且開始下起雨來。

「可惜我們還沒抵達她的地盤。」閃閃繼續說，「狐狸都會幫自己多找幾個窩，不管在地底還是人類的棚屋下，但這附近的窩都是其他狐狸的，你們明白吧？偷占不屬於自己的窩是很危險的事。」

「我們總不能一遇到麻煩就拋下她不管，」小苔說，「畢竟她跟我們一起走了這麼遠。我認為大家應該互相幫忙。」

就在這時，小暮出現了，她的耳朵被雨淋得垂下來。當大家蜷縮在號誌樓的背風處時，小暮說她在附近找到了一個大洞穴（她認為那是個廢棄的獾洞），洞裡的空間足以容下他們，不過需要走過好幾棵樹才能到達那裡，所以最好趁風勢還沒有太大之前立刻出發。

「獾洞？」小窗帶著猶疑的語氣說，「真的嗎？這樣沒問題嗎？」

「別擔心，獾是我們的朋友，」酸不溜向小窗保證，「他們也是很愛乾淨的動物，甚至會定期更換草墊，所以我幾乎可以肯定不會有問題。再說，我們還有什麼選擇？這裡不是個安全的地方。」

當隱族小矮人開始背起自己的背包時，小暮把洞穴的方向告訴閃閃，然後發出三聲短促尖銳的吠叫，這是她和阿榆在人類巢窩進行偵察時講好的信號。

小苔看著一個小身影悶悶不樂的從黑暗中走出來，背起最後一個背包。阿榆沒有看小窗，小窗也沒有看阿榆。

小窗急忙牽起小苔的手，他終於開始擔心天氣狀況了。當第一陣強風開始襲擊附近的樹木和灌木叢時，這支勇敢的小隊伍，也頂著黑暗的狂風出發了。

Chapter 4

深入陰暗的地下

就在大夥兒躲避暴風雨時，

氣氛開始緊繃起來。

小暮走在前面帶路，她尾巴尖端的白毛，在下雨的黑夜裡微微發亮，讓大夥兒不會迷失方向。閃閃在鐵軌旁邊的樹上從一根樹枝飛到另一根，俯瞰隊伍前進的狀況，也幫大家打氣加油。跟容易被雨打溼的貓頭鷹不一樣，這隻有著一身光滑羽毛的小鳥可以把雨水甩乾，而這就是他不時在做的事。

很快的，他們走進了一個小樹林，就是那種有羊腸小徑、狗便箱和垃圾的小樹林；不過它曾經屬於更廣大的森林。在這裡遛狗的人類都沒有發現這是個古老的地方，但樹木都很清楚——即使是後來才在這裡生長的樹木，像是花楸樹和垂枝樺；當隱族小矮人走進這個小樹林時，他們也感覺得出來。

貛洞的入口處位於一團樹根下方，那些樹根來自在一九八七年著名的秋季颶風中倒塌的山毛櫸。事實上，這個貛洞有好幾個出入口，而且存在了將近三百年，過去曾有一隻很有魄力的貛挖出這條特殊的地道，善用了山毛櫸樹根從地面拔起之後留下的空洞。

小暮在貛洞入口處停下腳步，回頭看了看隊伍，閃閃也在這時降落在林地上，走在隊伍後面。狐狸有時候確實會睡在貛洞裡，有些貛洞的空間相當大，但因為她是人類巢窩動物，所以從來沒有這樣做過。猶豫了一會兒後，小暮轉頭朝向前面的黑暗洞口，接著把身體蹲低、鑽了進去。

就像許多野生動物一樣，隱族小矮人在黑暗中也能看得很清楚。沒多久，小苔的眼睛就適應了地道裡的漆黑環境。只有可憐的閃閃需要摸索一番，還不時發出跌跌撞撞和暗自咒罵的聲音。

這條地道又寬又高，加上多年來不斷有貛出入，所以牆面已經被貛的大屁股磨得很平滑。地道的頂部有許多細根垂下來，顯示出植物和樹木在上方土壤中生長的位置。過了一個彎以後，地道開始慢慢向下傾斜，而且愈往裡面走，感覺就愈溫暖，外面的風聲也變得愈來愈小。大夥兒經過了好幾個地道分支，有些地道從地表帶來更新鮮的空氣，有些地道來自更深的地底，所以散發著強烈的泥土味。

現在他們來到一個大洞穴，裡面有兩條像嘴巴一樣通往其他方向的黑暗地道。粗壯的樹根像柱子一樣盤繞在洞穴裡，形成牆面的一部分。小暮要大家稍等一下，她需要仔細聞過整個洞穴，尋找是否有任何動物居住的跡象，但她只聞到至少好幾個星期以前殘留下來的微弱氣味。

「嗯，太棒了！」小苔環顧四周，「雖然有點潮溼，還有泥土味，但說真的，這裡是躲暴風雨的好地方。」

「很讚！幹得好，小暮。」阿榆說。

「你還好嗎，閃閃？」小窗問。閃閃弓著身體，看起來很難受，跟他平常活潑自信的樣子差很多。

「這樣很不自然。」

「哪樣？」小窗問。

「一隻鳥在地洞裡，我不喜歡這樣。我聽說有一、兩個住在遠方的遠親喜歡挖洞，但畢竟他們不在這塊土地上，也不是我這種椋鳥，所以這樣很不自然。你懂我的意思吧？」

「閃閃，我們不會在這裡待太久的。」小窗安撫他說，「你要不要把頭埋進翅膀裡睡一會兒？一定過了你的睡覺時間了。」

「早知如此，我就不來了。我本來可以跟平常一樣找個角落躲起來，反正對我來說沒差。」閃閃低聲抱怨，「但我現在卻在一個看不見天空、什麼都沒有的地洞裡。這到底是怎麼回事？」

小苔撫摸著這隻可憐的椋鳥無法挺直的背部。

「我們把你推到那些樹根上面，好嗎？這樣你就能感覺樹木在你的腳底下，知道它不斷的往上長、往上長，越過我們的頭頂，長出樹幹和所有樹枝，伸進高高的天空。這樣會不會有幫助？」

於是小苔他們合力把閃閃推到一條扭曲的樹根上，閃閃的爪子也自動收緊、抓住樹根，呈現棲息姿勢。

「謝謝你們，老大，」閃閃輕聲說，「這真的很有幫助。晚安。」然後他就睡著了。

不遠處，小暮在這個幾百年前挖的陰暗地洞裡坐下來，把下顎擱在前爪上打盹，不過依然保持警戒。

「好吧，」阿榆雙手扠腰說，「我們要怎麼度過這一晚？我一點也不累，你們累了嗎？」

「我不累。」酸不溜說。小苔和小窗也搖搖頭。

「我知道了，我們來玩『跳橡實』怎麼樣？」阿榆說。

「我想這裡的空間不夠，」酸不溜提出質疑，「而且小窗也不知道怎麼玩。」

「那我們三個玩就行了——你不介意吧，小窗？看吧？小窗不介意。」

「聽著，阿榆，」小苔堅決的說，「我覺得這樣不公平，我們應該想一些大家都能玩的遊戲，或者乾脆不要玩。我知道了，我們來說故事怎麼樣？」

「好吧，」阿榆說，「我先開始。很久很久以前，在人類還沒來到野世界以前，我們的元老好人羅賓，從古老時代就讓隱族小矮人成為照顧大地上所有美麗地方的正宗守護者。那時候哈布人還不曉得在哪裡，而且……」

「夠了。我要去走走。」小窗生氣的說，然後快步走進一條不曉得通往哪裡的地道。

「回來，小窗！小窗，別走！」小苔的叫聲在一片漆黑中迴盪，但已經來不及了。

「我們的朋友怎麼了？」阿榆帶著無辜的語氣問。

小苔從來沒有憤怒得如此理直氣壯。有時憤怒會讓人感到有些害怕，所以變成眼淚宣洩出來，但這次並沒有。

小苔從黑暗的地道裡轉身瞪著阿榆，然後用堅定的語氣說：「阿榆，你表現得很差勁，我對你很生氣。」

「我？我做了什麼？」

「你明知道自己做了什麼！自從我們出發以來，你對小窗的態度一直很不友善。你知道這叫做什麼嗎？這叫做『霸凌』。」

「什麼？我沒有霸凌！他跟我合不來，我也沒辦法啊！」阿榆說。

沒有人喜歡自認是霸凌者。霸凌令人討厭，但大多數人卻多多少少都

做過這樣的事——通常是在缺乏安全感或者對自己不滿的時候。

「我同意小苔的話。」酸不溜說，「你一直在冷落小窗，而且是故意的，我認為你應該道歉。」

「那小窗也應該道歉！」阿榆抱怨著說，「愚蠢的老哈布人，還留著那個愚蠢的刺蝟頭。」

「不可以這樣！」小苔說，「你為什麼要這樣講？你明知道小窗不愚蠢，也知道選擇不一樣的髮型、穿不一樣的衣服，或者在任何方面與眾不同，並沒有什麼錯。所以你到底是為了什麼事不高興？」

「喔，好，我懂了，小窗最棒了。」阿榆惡毒的說，「你們有這麼棒的好朋友一定很高興。」

這時小暮抬起頭，淡淡的看著他們三個。真相大白了，而現在有個機會可以修補友誼。發生這種情況或許會感到痛苦，但終究是一件好事。

「喔——你在吃醋！」酸不溜說，「原來是這樣。跟你說，我從來沒有那樣想過，畢竟我是不久以前才加入你們的。」

「喔，阿榆……」小苔輕聲說。所有怒氣煙消雲散，現在他們明白自己的朋友有多傷心。

這次，當三個隱族小矮人緊緊擁抱在一起時，哭出來的是阿榆。

Chapter 5

可以分享的愛

來了個新朋友，

而且他的用餐方式與眾不同。

地道裡一片漆黑，還有許多交岔口和岔路。阿榆踉踉蹌蹌的前進，一邊喊著小窗的名字。獾洞就像迷宮一樣，即使阿榆有絕佳的方向感，也可能迷路。

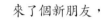

「噗嘶！小窗！」阿榆一遍又一遍的喊，「是我，阿榆。我是來跟你說，我真的很抱歉，而且我想確定你沒事！」但是沒有任何回應。

不知道有什麼生物可能在地道裡，會讓人感到很不安。地道支線裡的某個洞穴散發出強烈的狐狸氣味，裡面有一根乾淨的雞骨頭、一顆高爾夫球和一個閃亮的零食包裝袋；春天時，有三隻狐狸寶寶在這裡長大，所以那些東西都是他們的玩具。到了另一區，阿榆差點誤入一個複雜的兔子洞；原來兔子把他們的小地道挖進這個古老獾洞裡的一條逃生路線了。
「臭貓！」母兔在發現阿榆後高喊，接著所有兔子都倉皇逃離。這代表凶猛的白鼬和黃鼠狼，也經常來到這個迷宮。

就在阿榆開始感到絕望時——不僅擔心小窗的安全，也擔心自己想不起如何沿著曲折的路線走回洞穴——漆黑的前方傳來了一陣微弱的音樂聲，聽起來比鳥鳴聲還要簡單，但十分悲涼婉轉。在一小段令人難忘的旋律之後，一道歌聲搭配著曲子，低吟著古老的詞句：

梣樹、橡樹和山楂樹
挺立在世界之初。
花楸和紫杉
將讓它新生再現……

阿榆循著音樂聲走過幾個彎道，終於發現小窗坐在地道裡，耐心吹著一支在黑暗中發亮的白色笛子。

「嗨，小窗，」阿榆說，「曲子很好聽，是你編的嗎？」

「老實說，我不記得是在哪裡聽到的。我迷路了，有點害怕，所以決定最好停下來待在一個地方，以免情況變得更糟。我知道如果我發出某種聲音，最後就會得救。」

「但沒想到出現的是我，對吧？」阿榆也坐了下來。

「也不完全是這樣。」

「聽著，小窗，我要跟你道歉。我和老雲、小苔住在一起很久了，而且在還沒認識老雲之前，就只有小苔跟我一起生活！後來我們踏上旅程，遇見酸不溜，大家一起經歷了各種驚險的遭遇。當老雲留在人類巢窩，你開始跟我們一起旅行時，我感覺……我感覺你可能想要取代我們親愛的老朋友，或許也想要取代我。」

「取代你？但你不是好好的在這裡嗎？你到底想說什麼？」

「你和小苔變成最好的朋友，我覺得自己被晾在一邊了，而且我不想對自己或大家承認這一點，所以才會表現得這麼差勁，我真的真的很抱歉。我們還可以當朋友嗎？」

「當然可以。」小窗說，「我從一開始就想要跟你做朋友，雖然有時候你真的讓我有點害怕。阿榆，你需要記住，小苔愛你，但愛不是派，分一點給別人不代表你得到的會變少。」

「愛不是派……不是派，我想我懂了。」阿榆帶著微笑站起來說，「好，我們回到大夥兒那裡吧。我要教你玩跳橡實，用我的方法玩！」

當阿榆和小窗終於沿著原路回到大夥兒身邊時，玩跳橡實的念頭被拋到腦後了，因為就在他們進入主洞穴時，突然有一大塊泥土從上方崩落，嚇得大家尖叫起來。

散落一地的土堆裡，躺著一隻外表黝黑光滑的動物。他有個不斷嗅來嗅去的尖鼻子，幾乎沒有眼睛，還有一對堅硬有力、長得像鏟子的巨大前爪。

「對不起，對不起，對不起。」鼴鼠一邊說，一邊站起來把身上的泥

土弄掉，「偶爾會發生這種狀況。我只是路過而已……在找蟲蟲。」接著他嚇呆了，粉紅色的鼻子朝小暮的方向顫抖，因為小暮的琥珀色眼睛正在黑暗中閃閃發光，尾巴也在抽動。

「不要緊，」阿榆急忙在狐狸與驚恐的鼴鼠中間走動，「那是小暮，她不會傷害你，她是我們的朋友。」

「我叫墨……墨……墨瑞。」鼴鼠說，然後伸出一隻顫抖的粉紅色爪子，跟四個隱族小矮人握手。儘管他試著輕柔一點，但力道還是很強，讓小苔忍不住甩著自己的手，無聲的做出「噢！」的嘴型痛呼。

「很高興認識你，墨瑞。」小窗一邊說，一邊露出準備要講個超級冷笑話的特有表情，「關於找蟲蟲的事……你真的只是路過這裡嗎？還是想要大『降』光臨？」

小苔和小窗發出豬叫般的笑聲，阿榆和酸不溜互相翻了個白眼，小暮則把眼睛往上瞟，彷彿在說：「喔，拜託！」

「大『降』光臨！」小窗一邊用手肘推著阿榆，一邊指著上面說，「他大『降』光臨了！」然後拿起白色笛子，吹了個滑稽的下滑音，聽起來就像悲傷的長號音效。這時，大夥兒全都笑翻了，就連小暮也露出雪白的牙齒，笑到上氣不接上氣。墨瑞躺在被他弄垮的土堆裡又哭又笑、踢來踢去的，就像一條長了腳的軟香腸。小窗的笑話很冷，但他製造出來的音效，還有隱族小矮人重新團聚帶來的欣慰感，都讓大夥兒變得有點歇斯底里。一起開懷大笑的感覺實在很美好，不僅帶來了歡樂，也重新凝聚了團隊的感情。

「喔，不行了，」最後小苔擦著眼淚說，「喔，天哪，別再惹我笑了，我受不了了。」

「對，不能再笑了。喔，拜託。好了，我們說到哪裡了啊？」小窗問。他試著重新讓自己嚴肅起來，不過挺困難的。

「墨瑞剛才說他在找蟲蟲。」小苔說。

「對！」墨瑞說，然後用長得像粉紅色耙子的巨大前爪刷掉鬍鬚上的泥土，「你們知道嗎，我會先把蟲蟲抓起來，放到我專屬的『蟲蟲房間』，也就是你們說的儲藏室，然後再咬掉他們的頭。」

「喔。」小窗的臉色變得有點蒼白。真實的野世界有時會讓人類巢窩

族民感到震驚，不過只要好好想一想，很快就能克服——這正是小窗決定要做的事。

「那樣的話，」墨瑞繼續說，「蟲蟲就會搞不清楚方向，沒辦法脫逃，然後我會把蟲蟲留到肚子有點餓的時候再吃。如果你們要出去旅行，最好學學我，這樣背包裡隨時都有新鮮的蟲蟲可以享用。整個野世界裡，沒什麼比這更棒的了。」

「這確實是創新吃法。」酸不溜小心翼翼的說。

「嗯……是啊，」小苔說，「但……我不確定那是我們的飲食風格。」

「隨便你們嘍。」墨瑞聳了聳強壯的肩膀，「話說回來，能遇到一些地精真的很棒，老實說，我還以為你們已經絕跡了呢。可惜沒辦法認識在那裡睡覺的鳥朋友，但我不怪他，要是你們帶我飛到空中，我恐怕會昏倒吧！至於那隻狐狸，嗯，感謝她沒有吃掉我，但狐狸和鼴鼠一向沒什麼交情，所以我想我該走了，免得她改變主意！」

於是墨瑞不費吹灰之力的鑿開扎實的地面，不到幾秒鐘，就鑽進土裡消失了。

小暮站起來、伸了個懶腰，聞了聞從地洞入口飄進來的空氣。她知道新的一天已經到來，狂風也已經遠離。

Chapter 6

酸不溜的緊急發明

阿榆的身體快要消失了，

酸不溜必須趕快發明一些東西。

狂風平息下來之後，隱族小矮人和動物同伴們花了一整天走過高爾夫球場的外圍，然後穿越學校遊戲區和停車場旁邊的雜亂樹林。這段路很不好走，因為地上堆了厚厚一層被風雨打落的溼葉子、樹枝、馬栗、橡實、漿果、槭樹翅果、舊鳥巢，還有被吹出垃圾桶，整晚都在四處打轉的垃圾。

小暮可以靠小跑步輕鬆前進，閃閃正在空中享受脫離地下世界的自由感，但隱族小矮人必須在快要高過胸口又溼漉漉的落葉殘堆中奮力行走，這真的拖慢了他們的速度，加上小窗還有很多新事物需要適應，所以整個過程變得更辛苦。

等到天色變暗時，四個隱族小矮人已經筋疲力盡，再也走不動了。

「再撐一個小時就到河邊了！」閃閃一邊向下俯飛，一邊大喊，「快點！不要認輸！」

「我等一下就叫你認輸。」酸不溜氣嘟嘟的抱怨。

「什麼？」閃閃說。

「沒事，閃閃，別在意。」

「聽著，我想我們應該在這裡過夜。」阿榆說，「大家都累了，也開始煩躁，如果無法好好思考，很可能會做出錯誤的決定。明天我們早點起床，去找那條河，然後酸不溜就可以開始幫我們發明一艘船了。」

「好吧。」小苔說，「我的肚子也餓了，如果我們要照這種速度前進，就必須吃飽才行。」

「我可以幫忙煮菜嗎？」小窗問，「我想要學一學。我們在人類巢窩吃的東西幾乎都是人類吃剩的，只需要加熱而已。」

當小暮溜到附近的足球場抓兔子，閃閃也在濃密的常綠樹籬裡棲息時，酸不溜和阿榆搭起了四個帳篷，其中三個是用灰色蝙蝠皮做成的柔軟帳篷，它們巧妙的隱藏在落葉堆中，另一個則是用保鮮膜做成的帳篷，那張保鮮膜來自小窗住過的街角商店裡的垃圾桶，而且包過鮪魚三明治，所以儘管大家都盡了最大努力，還是避不掉一股淡淡的鮪魚味；更糟糕的是，當小窗躺進去休息時，大家都能往裡面瞧，可憐的小窗也能看到來自外頭的視線。雖然保鮮膜帳篷可以擋雨，但住起來還是很奇怪。

「這個帳篷不是很理想，對吧？」阿榆問小窗。這不是他第一次對小窗說話，但語氣友善多了，「要不要幫你搭一個更好的？」

「如果可以的話就太棒了，謝謝你！」小窗回答。這時他也第一次生起了營火，對自己感到十分驕傲。

「你知道我喜歡接受挑戰！」阿榆說，「酸不溜，你願意跟我來嗎？既然沒有可以用的死蝙蝠，你的發明能力會幫得上忙的。我們需要一種又薄又強韌的材料，還要能防水，或者我們可以稍微處理過……」

他們的說話聲漸漸淡去，剩下小窗和小苔在劈啪作響的橘紅色營火旁一起料理栗子薔薇果燉菜。小苔教小窗如何去除薔薇果裡面那些毛茸茸的種子，並且向他解釋隱族小矮人在傳統上喜歡吃哪些有趣的野生食物——其中一些曾經出現在很久以前的古老故事中。

「很奇怪，」小窗攪拌著茶燭釜鍋裡的燉菜，「你能背誦古老時代的民謠和傳說，對吧？但哈布人最古老的故事，講的是住進人類巢窩以後的事，好像我們的歷史是從那時候才開始的，我過去從來沒有發現這一點。」

「但哈布人只是其中一種隱族小矮人。」小苔說，「住進人類巢窩以前，你們跟我們有相同的歷史，我們的民謠和傳說也是屬於你們的！」

「嗯，現在終於知道了。」小窗說，「但……故事很重要，不是嗎？我只希望有個方法可以把哈布人的故事放進偉大的隱族歷史和傳說裡，證明我們也是其中的一分子，而且融入得很好。」

這時，阿榆和酸不溜得意的拖著一大朵帶有堅韌外皮的馬勃菇回到營地，於是話題就此打住。但小苔明白為什麼小窗想要成為隱族歷史的一部分，所以他把這個想法放在心中，決定過一陣子再好好思考。

那天晚上，他們遇到了即將來臨的冬天送上的第一場白霜。天空中沒有雲層可以像棉被一樣為地表保暖，所以氣溫愈來愈低。寂靜的黑夜裡，細小的冰晶開始凝結在青綠草葉的邊緣和枯葉的表面，讓它們閃耀著銀色光芒，也凍枯了比較脆弱的雜草和野花。

唯一沒有被白霜覆蓋的是四個小帳篷——三個蝙蝠皮帳篷和一個用煙燻馬勃菇外皮做成的帳篷，因為裡面有隱族小矮人在睡覺，所以可以藉由他們的體溫和呼吸保持溫暖。等他們醒來時，白霜幾乎已經全部融化，但這也提醒他們，寒冷的季節快要到來，沒有時間可以浪費了。

不過，那天晚上不僅降下了白霜，還發生了一件令他們擔憂的事。天剛亮時，害怕又難過的說話聲從其中一個帳篷裡傳出來，吵醒了小苔。

「你們醒了嗎？我想……我想我的手臂已經消失了。」阿榆帶著顫抖的聲音說。

第一個急忙跑去關心的是小窗。

「喔，阿榆，我很難過。」小窗說，「我可以進來嗎？你沒事吧？」

接著，小暮跑來安慰她的朋友。閃閃也抖了抖羽毛，從棲息的地方飛了下來。

「我現在只剩……只剩下軀幹了，對吧？」最終，身體漂浮在秋天蒼涼空氣中的阿榆還是開口了。小苔用力吞了一下口水，眼看好朋友的身體漸漸消失，也不知能不能恢復原狀，真的很令人害怕。

「軀幹，還有腦袋。」小窗試著為阿榆打氣，「想想看，你現在可以盡情比出各種粗魯的手勢，而且我們絕對不會發現。」

「振作起來，老大。」閃閃嘰嘰喳喳的說，「其實也沒那麼糟，你還在這裡，還是野世界的一分子，就跟我們一樣。」

「但能維持多久呢？」阿榆顫抖著回答。

「沒錯。」酸不溜丟一次發號施令，「我本來打算花幾天時間造出一艘很棒的船，就像溪流族民所說，你們的表親為了划到愚蠢溪上游所做的那艘船，但看樣子我們沒時間了。優秀的發明家要能隨機應變，這就是我要做的事。所以，小苔，你負責弄早餐；阿榆和小窗把帳篷收拾好；閃閃，你往前飛，找出抵達河邊的最短路線。我要用超快的速度發明一樣東西，立刻、現在。」

但是，突如其來的可怕念頭讓小苔楞住了，「等等，如果阿榆身體消失的部分愈來愈多，那老雲怎麼辦？」

在震驚中，大家都停下了手邊的工作。

「潘神保佑。」阿榆睜大著眼睛低聲說，「老雲的身體已經剩得不多了，畢竟這個消失現象最早發生在他身上。萬一現在……萬一……」

「大家別慌，」小窗說，「要不要請閃閃飛回人類巢窩看看？不管怎麼樣，我們都需要知道，對吧？」

「但接下來的路程需要閃閃幫忙。」酸不溜說，「如果沒有空中導航，只靠我的發明來航行會很危險，尤其剛才下了那麼大的雨，河水可能漲得很高！」

「我認為小窗說得對，」阿榆說，「我們需要知道現在的狀況。我想我們只能在沒有閃閃幫忙的情況下在河上冒險了。」

「怎麼樣？」閃閃看著阿榆，再看著酸不溜，又回頭看著阿榆，「你們的決定是什麼？」

四個隱族小矮人互看了好一會兒，最後酸不溜點頭說，「閃閃，去吧，要快點回來，讓我們知道老雲沒事。」

「我會盡力的，老大。」說完，閃閃就飛走了。

「小暮，我需要妳的幫忙，妳願意跟我一起去收集材料嗎？」酸不溜問。

小暮點了點頭。於是她和酸不溜一邊討論一邊離開了。

當小暮回來時，嘴裡叼著一個相當大的空寶特瓶。她咬住瓶子的頸部，也就是鎖上瓶蓋的地方，但即使如此，帶著它走路還是很不方便，所以小暮必須三番兩次停下腳步，重新調整一下瓶子的位置。酸不溜在她旁邊小跑步，有點氣喘吁吁的。

「我在人類巢窩撿垃圾的時候，總是會看到這些東西。我知道你會說這不適合當船，我應該要發明更好的東西，但我們沒時間了，何況這個比較安全，而且……」

小暮放下寶特瓶，大夥兒都圍了過來。

「只要打幾個通氣孔就行了。」酸不溜繼續說，「阿榆，你辦得到的，對吧。只要保持通氣孔朝上，我們穩住船底，讓它不容易滾動，這樣——」

「等一下，」小窗說，「你是要我們坐在裡面嗎？」

「喔，對，完全正確。我幫住在愚蠢溪的族民做過一個比較小的版本，效果很不錯，而且如果只是跟著河水漂流，也就是我們要做的事，那——」

「酸不溜，」阿榆說，「但我們下船的時候要怎麼讓它停下來呢？我們會不會一路漂進海裡？」

「嗯，不一定……」

「不一定？聽起來你也不是很確定！」

「幾乎不會。閃閃說，離你們梣樹道老家不遠的地方，有棵大樹倒了下來，幾乎跨過河面，所以它應該可以擋住這艘船，我們只要想辦法把它拖上岸就行了。」

「喔，好吧，就這樣決定了。」阿榆說，「小暮，我們需要妳，妳現在絕對不能拋下我們。」

Chapter 7

瓶子船

四個隱族小矮人開始在水上漂流，

希望冒這個險是值得的。

小苔覺得很想吐。寶特瓶歪歪斜斜的浮在河面，它雖然跟著河水走，但偶爾會突然晃來晃去，所以感覺似乎正在倒退，甚至往旁邊移動。他們沒辦法控制瓶子的方向或者讓它停下來，而且因為上方只有一層透明的塑膠，完全沒有遮蔽感，任何路過的人類都可以看見他們，他們也沒有地方可以躲。幸運的是，小暮已經設法用牙齒鎖緊紅色的瓶蓋，阿榆打的那一排通氣孔也一直朝上，所以寶特瓶並沒有進水。酸不溜解釋，如果在瓶子下半部填滿潮溼的泥土，壓緊後坐在上面，瓶子就不會翻過去，結果這個方法真的有效。

「我討厭這樣，討厭，討厭。」小窗痛苦的喃喃自語。他彎著腰坐著，眼睛閉得緊緊的。雖然小苔也在暈船，但他還是趕緊過來安慰可憐的小窗，畢竟小窗在一個小時前才第一次看到河，更別提坐上一艘手工改造的船了。

阿榆和酸不溜綳緊神經從寶特瓶裡往外看，留意任何危險的物體。儘管他們認為還要一段滿長的時間，才會漂到大樹倒下的地方，但誰曉得中途會不會撞上其他東西？酸不溜預測得沒錯，河水漲得很高，而且夾帶著各式各樣的東西，從載浮載沉的購物手推車、斷落的樹枝，到成堆打轉的垃圾和泡沫。如果他們漂到一半卡住了，小暮無法跑過來解救他們，因為當他們隨著河水搖晃旋轉時，小暮正在視線以外的陸地上沿著河道飛奔——她前進的速度和距離，遠遠超過隱族小矮人步行所能達到的程度。

這條湍急的河流比愚蠢溪寬得多，而且呈現混濁的棕色，不過那是天然淤泥造成的，不是因為遭到汙染。事實上，這條河裡住著各種各樣的溪流族民，從比目魚、淡水螺、螃蟹到螯蝦，壞脾氣的淡水蚌也成群聚集在河床上。河裡還有一些古老的船骸、幾塊古羅馬護身符、半埋在淤泥中的血紅色石榴石，以及像骨頭一樣亮白的破陶管，甚至連數百年前有錢人遺失的金幣和戒指，也沉在河底，而且只有一條巨大的狗魚「阿怒」知道。

阿怒從二十多個杜鵑夏天之前就在河底出沒，她總是露出一排排可怕的牙齒，等著捕捉從她面前經過的白魚、鱸魚、鯿魚，或者任何不幸闖進她地盤的小生物。

河岸上坐落著有大片河濱斜坡草坪的宏偉老宅，以及一棵巨大的垂柳，它不時彎下細長的枝條輕拂水面，讓河水帶走所有枯黃的葉子。有些屋子的花園盡頭還有小划槳船甚至汽艇繫繩停泊，幸好這天沒有一艘行駛在河面上。

「我們可以靠著岸邊前進嗎？我不喜歡一路往河中央漂過去，那裡的水最深。」小窗顫抖著說。

「我也不喜歡。」小苔說，「河中央的水流得比較快，會讓我想吐。」

「對不起，小窗、小苔。」酸不溜把視線從透明寶特瓶外的景物，移到這兩個握著手、緊靠在一起的夥伴身上，「問題是，我們沒有辦法操縱方向，如果再給我幾天，我至少可以做出某種船舵來控制方向，但我們根本沒時間。」

「把眼睛閉起來有沒有比較好？」阿榆問。

「有，有好一點。」小窗試了一下。

「沒有，反而更糟。」小苔說。他決定把眼睛張開。

就在這時，寶特瓶旋轉了起來，大家驚恐尖叫，而且拚命貼著瓶子的內側。河水濺到瓶子上方，一些水花跑進了通氣孔，把他們都打溼了，也使得危急感變得更強烈，就像你坐上某個遊樂設施，但沒人保證到最後你可以平安的下來。

「抓緊！」酸不溜大喊。寶特瓶從漩渦裡轉了出來，隨著一道湍急的小水流飛上去，再以瓶口朝下的角度掉落在靠近左岸的河面上。

「大家沒事吧？」阿榆問。後面傳來兩個小小的抽泣聲，小苔和小窗正在努力撐下去。

「喔，真希望閃閃在這裡。」酸不溜喃喃自語，「如果他在天上看著我們，並且把我們的情況告訴小暮，就不會那麼可怕了。現在萬一我們出了什麼事，小暮根本不會知道。」

「我同意，」阿榆說，「但有時候事情就是無法完美，你只能繼續做下去。我們有潘神保佑，我希望在天上看著我們的守護者是祂，不是什麼調

皮的小鳥。」

正當他們說話時，寶特瓶漂流的速度稍微變慢了，小苔不再感到想吐，小窗也坐了起來，睜開一隻眼睛。

「現在好多了！」小窗說，「我們可以繼續像這樣前進嗎？我可以習慣的。」

但過了一會兒，寶特瓶遇到堆積在河邊的樹枝和枯葉，緩慢的在水面橫著漂，最後完全停了下來。

「喔，糟了。」酸不溜說。

「啊。」阿榆說。

「我說的不是這樣……」小窗說。

大夥兒沉默了很久。

「我們該怎麼辦？」小苔問。

「再等等吧，」阿榆說，「希望河水會再推著我們走。」

於是他們坐在瓶子裡的潮溼泥土上等，用充滿期待的眼神看著彼此。

但什麼都沒發生，一點動靜也沒有，過了很久還是一樣。

最後，酸不溜問：「我們該怎麼辦？」

「我怎麼知道？這艘船是你的。」阿榆說。

「這不是一艘船，這是一艘『單殼雙體船』。」酸不溜回答，「反正你很會帶路，聽說是這樣。」

「呃——今天是誰一大早就在發號施令的？我好像記得是你自告奮勇要當探險隊隊長，所以該負責的是你吧。」

小苔開始感到焦慮，這是人們吵架時都會引發的情緒反應。如果老雲在這裡，他就會說：「你知道，別人吵架並不是你的錯，你也沒必要替他們善後！」但老雲不在他們身邊了。

「可以不要吵架嗎？這一點幫助都沒有，我不喜歡這樣。」

「小苔說得對。」小窗說，「總而言之，我們需要做什麼其實很明顯。」

「是嗎？」阿榆和酸不溜同時轉過頭來驚訝的問。

「當然。」小窗說，「這就像我的表弟『大梁』去偷襪子，結果身體有一半卡在洗衣籃裡一樣，我們需要搖一搖才能脫身。來吧！」

小窗站起來，開始推寶特瓶的內壁。瓶子移動了一點點，但不是很明顯。

「幫幫我，小苔！」

於是小苔也站起來，跟小窗一起推著透明的塑膠瓶壁。寶特瓶開始搖晃移動。

「就是這樣！繼續下去！」阿榆喊著，「我們在動了！」

「那你可以一起幫忙吧！」小苔喘著氣說。

「我有個更好的點子！」酸不溜說，「我們需要跳起來！大家一起跳！來吧，預備——起！」

如果這時候你走在這條河旁邊並俯視水面，你會看到一個有紅蓋子的寶特瓶有節奏的搖來搖去，裡面還有四個小傢伙跳上跳下，拚命的大吼大叫。幸好，附近沒有人類發現這個不停搖晃的寶特瓶，也沒有看到它終於突破斷枝落葉的包圍，移動到剛好被水流抓住並拉回流動區的位置，然後迅速漂走，消失在視線之外。

寶特瓶裡的隱族小矮人全都興奮得又叫又跳。

「我們做到了！我們做到了！」小窗大喊。

「不，你做到了，」小苔驕傲的說，「幹得好，小窗！」

「對！這個做法非常聰明，」酸不溜贊同的說，「老雲說過你可以幫助我們，真的一點也沒錯。」

「謝謝你，小窗，我很高興你加入我們。」阿榆微笑著說。

「喔，我們現在就在河中央，」小苔說，接著，他遲疑的說，「你們看！」

大夥兒從寶特瓶裡往外看。小苔是對的，瓶子四周都是湍急的棕色河水，而且完全看不見他們先前受困的河岸了。

「嗯，至少我們前進了一大段距離，」阿榆試著樂觀一點，「我們漂得那麼快。」

「我們漂得真的很快，」酸不溜說，「這是好事，對吧？快就是好？」

「喔，當然，」阿榆說，「只是——」

「小心！」小苔大喊。這時，一棵倒塌的大樹突然出現在他們眼前，幾秒鐘後，飛快前進的寶特瓶就撞了上去，向後彈，又撞了上去，最後被

沖到了岸邊。

但那是錯的一邊。幾個小時前，小暮開始沿著河道狂奔，尋找倒塌的大樹，以便幫助他們脫身，但現在寶特瓶卻被沖到對岸了。

Chapter 8

困在人類的物品裡

隱族小矮人的行程被迫停下，

而小暮也不知去向。

儘管大家都不願承認，但小苔感覺這是到目前為止，他們遇到最危險的情況。現在是大白天，他們漂流到一棵倒塌的大樹旁，而且困在透明的塑膠瓶裡，無法從裡面轉開蓋子跑出來，任何從岸邊經過的人類都能看得一清二楚，他們完全無處可躲。

隱族小矮人最在意的就是隱密性。他們和人類共存了數千年，但人類才隱約看過他們幾次，以至於現今的人類普遍認為，那些目擊事件都是想像出來的，或者只是故事而已——考慮到人類熱中於得知各種大小事，甚至是與自己不相關的事，這可說是了不起的成就。也因為如此，你可以想像小苔他們此刻感到多麼的缺乏掩護，多麼的害怕。

「我們只能等閃閃來。」阿榆一遍又一遍的說，「等閃閃從人類巢窩飛回來，他會找到我們，然後把消息告訴在某個地方等待的小暮，只要小暮能找個方法過河，我們就得救了。」

但他們等了一整個下午，天色都暗下來了，閃閃還是沒出現。岸邊的拉船道兩度出現大聲喧譁的人類，但阿榆他們無處可躲，只能在水邊的寶特瓶裡害怕得發抖。

過了一會兒，小苔愁眉苦臉的輕聲說：「真希望艾迪會游過這裡，我們真的很需要水獺幫忙。」

「喔，對啊，希望我們運氣好。」酸不溜回答，「就像在春天的時候，他把我從愚蠢溪裡救出來那樣！」

「我想我們不可能永遠都靠運氣，這就是問題所在，」小苔說，「我不認為這次行得通。」

「萬一……萬一閃閃出了事怎麼辦？」小窗低聲的說。

「他不會出事的，相信我。」阿榆回答。

「呃，不過椋鳥群確實出了點狀況。以前人類巢窩常常有成群的椋鳥出現，我記得很清楚！但現在幾乎看不到了。我只是在說……」

「他一定會來的。不知道為什麼，我對那隻好笑的小鳥很有信心，」阿榆說，「但可能需要等一會兒，所以現在我們要做的，就是在等待的時候確保自己的安全。小苔，我們的食物還在吧？」

「我想應該還在，」小苔說，「需要檢查一下嗎？」

「好主意。好，我們可以用什麼來偽裝自己呢？我可不想坐在這裡等某個人類發現我們，然後把我們撿走。」

「嗯，這裡的空間不夠我們搭帳篷，」酸不溜說，「但我們可以把帳篷披在頭上，假裝成枯葉，至少到天黑為止，對吧？我們在小公園紮營的時候，四周常常有很多人類經過，但從來沒有人發現過我們。」

「好計畫。」

「小窗，你在人類巢窩住多久了？」酸不溜問。這時大夥兒開始把帳篷拿出來做準備。

「從它還不是人類巢窩以前，就住在那裡了，」小窗回答，「但我對剛開始那段日子沒什麼印象，感覺自己好像一直都是人類巢窩族民，不像有

些夥伴，他們後來才從鄉下搬過來，很想念老家，而且花了很長的時間才學會適應宅居生活。」

「你以前守護過一座島，對不對？」小苔問。大家開始對小窗感興趣真的很棒，聆聽別人的故事——仔細聽，而且問問題——正是了解對方以及彼此取得信任的重要方法。

「喔，那個島一丁點大而已，」小窗謙虛的說，「比較像個小島，真的。它有一條可愛的小溪從兩邊分流，然後在下游跟大河會合。雖然人類在我的小島上蓋起奇奇怪怪的小屋，但它還是跟原本的樣子差不多，甚至當成群的人類漂洋過海來到這裡，建造巨大的石頭建築、圓形劇場和其他新奇的東西時，我的生活也沒有太大的改變，畢竟，我想，誰能除掉一座小島呢？我應該會很安全吧。但他們先是在小島上蓋了木屋，接著建造更高大的磚造房子，最後把整條小溪都埋進地下了——你相信嗎？那裡全被街道和房子占據了，再也沒有什麼溪流或小島。從這個時候開始，我就搬進屋子裡生活了。」

「難道你不想離開人類巢窩，到鄉下找個小島或小溪住下來嗎？」阿榆問。

「完全沒想過，」小窗回答，「我覺得我屬於人類巢窩，雖然已經失去我很喜歡的那一小部分，但我還是屬於那裡！」

「那你為什麼想跟我們一起走？」阿榆問。

「我想……我聽了你們的故事，發現野世界是個很寬廣的地方，有各種不同的生活方式，所以我想親眼看看，而不是永遠跟同一群人待在同一個地方。我喜歡老雲在我們第一次見面時說的話，就在小路和小塔的派對上，你記得嗎？他提到幫助野世界的感覺很棒。我喜歡守護我的小島，所以我想重新發揮自己的用處。」

大家深有同感的點了點頭。

就在他們聊天的時候，天色已經變暗，讓小苔感覺安全了一點，只是不遠處有一間搭了水岸露台的河畔餐廳正亮著燈光。雖然太陽下山了，但要等到人類結束一天的生活、燈光明亮的餐廳打烊了以後，四周才會真正暗下來。

「我想我們應該吃點東西，然後睡一覺。」阿榆說，「小苔，我們有不

需要用到火的食物嗎？」

「呃，我可以做一些橡實麵包和黑刺李果醬三明治。」小苔說，「喔！再各給你們一條蜻蜓腿肉乾怎麼樣？」

「我不用，謝謝。」小窗說，「我不是說你的食物很怪，我只是還需要一點時間適應蜻蜓腿！」

那天晚上，當四個隱族小矮人嘗試睡在輕輕搖晃的寶特瓶裡時，第一批越冬的候鳥飛來了。隱沒在黑暗夜空中的成群白眉歌鶇，從寒冷的斯堪地那維亞半島蜂擁而至，一邊互相發出急切的唧唧聲，一邊飛過河面。小窗在鳥叫聲中醒來，用手肘輕輕推了推小苔，然後跟他一起躺著聆聽。過著宅居生活的哈布人已經有將近兩千個杜鵑夏天沒聽過這種聲音，幾乎已經遺忘了。

秋季大遷徙正在進行中，數十億的鳥兒紛紛在世界各地移動。接下來幾週會有更多白眉歌鶇、田鶇和太平鳥抵達，在樹籬、田野或花園裡吃山楂果、黑刺李或其他秋季水果。天鵝、野雁（也就是曾經帶一個隱族小矮人去探險的「天狗」）會大批出現，在外地出生的烏鶇等花園常見鳥類也會飛來這裡，展現悅耳口音以及不同於本土鳥類的有趣生活觀。

夏候鳥已經離開了一段時間，包括毛腳燕和家燕、灰白喉林鶯和其他鶯類、燕隼、雀鷹，還有長相古怪的夜鷹，就連從春季大遷徙初期就在這裡停歇的嘰喳柳鶯，也終於展開長達數千里的危險旅程。這種規模空前的陣容更換，總是讓隱族小矮人感到焦慮不安，他們希望秋天新來的朋友能平安抵達，同時也擔心離開的朋友能否順利完成壯闊的飛行之旅並在明年春季再度歸來。

「嘿，椋鳥會遷徙嗎？」小窗低聲問。

「不，他們一年到頭都待在這裡。」小苔回答，「事實上，我認為有很多是從外地來參加冬季大會的。你為什麼這樣問？」

「我只是在想閃閃，真希望他可以早點飛過來。」

「我也是，小窗。我也是。」

Chapter 9

什麼叫做勇敢

閃閃帶來兩個悲傷的消息，

但小苔讓大家明白，必須繼續向前走。

就在天空露出曙光時，有個物體砰的一聲落在寶特瓶上，使瓶子猛烈搖晃，把大家嚇醒了，小苔還不禁大叫一聲。

「老大，你們還活著嗎？」閃閃從兩腳中間往下看。

這時，四張驚恐的小臉從帳篷皺褶裡冒出來，然後朝上看。即使在閃閃的腳底下，他們也看得出來他又髒又累，完全沒有像平常那樣發出喀噠聲和口哨聲、說笑話或罵髒話。

「喔，感謝潘神，」阿榆說，「原來是你！我夢見有個人類把我們撿起來，丟進了垃圾桶。所以瓶子在搖晃的時候，我還以為那個夢是真的。」

「你沒事吧，閃閃？你看起來糟透了。」

正在收拾帳篷的酸不溜說。

「謝了，老大，你看起來也沒有好到哪裡去。」閃閃說。他跳上岸邊，透過寶特瓶側面看著他們，「我需要告訴你們一件事——」

「老雲還好嗎？」小苔插嘴說，「在我們討論其他事情以前，我們……我們需要知道。」

「說得也對，」閃閃說，「但你們得先從那裡出來才行。如果你們在那裡，我在這裡，我就不能好好的跟你們說。」

「出來？怎麼出來？我們出不來——這就是為什麼我們需要小暮。」阿榆沮喪的說，「小暮到底在哪裡？」

閃閃張大嘴，盯著他們看了一會兒。

「什麼？你們當然出得來！你們有一把銳利的……東西，不是嗎？可以把瓶子割開？」

大家都轉過頭來，盯著阿榆看。

閃閃發出一連串的喀噠聲，「你該不會是要告訴我，你們一整晚都坐在裡面，像一群田鼠一樣無助，可是其實——」

「好了，好了！」阿榆變得很慌張，「我忘了嘛！看在潘神的分上，不要再說了！」

大家都不希望再讓阿榆感到難堪。就在酸不溜巧妙的轉身走開並吹起口哨，小苔和小窗也一語不發的看著對方時，阿榆靠著看不見的腿漂浮到寶特瓶裡最接近倒塌大樹的一邊，用看不見的手拿起史丹利刀，把瓶身割出一個整齊的洞，然後大家輕易的踩著最接近洞口的樹枝，安全上岸。

「好了，」阿榆小心翼翼的收起刀子，「我們別再談這個問題了。現在告訴我們所有事情吧。」

「老雲已經消失了。」閃閃直截了當的說，「我很抱歉必須告訴你們。我希望可以帶來更好的消息。」

小苔哭了起來。

「全都……消失了嗎？」阿榆輕輕的問。

「偶爾會聽到聲音。不是我聽到的，你們也知道我不會飛進屋子裡，但小路和小塔說，他們有時還能聽到老雲說話的聲音。」

「他說了什麼？」酸不溜問。

「嗯，這……有點難懂，但他們是這樣告訴我的。好像跟一棵花楸樹有關？」

「一棵什麼？」小苔淚流滿面的問。

閃閃聳了聳肩，「我不知道，老大，對不起，我為你們感到難過。」

於是大家都坐在岸邊哭泣。

「噗嘶——」閃閃最後開了口，並且用嘴輕輕啄著小窗的屁股。小窗認識老雲的時間沒有很久，所以在其他同伴都很悲傷的時候，他似乎是最適合交談的一個。

「怎麼了？」小窗轉身說。

「很抱歉，老大，只是……呃，我們需要談談小暮。」

小窗和閃閃走到一旁，這樣比較方便說話。

「她受傷了嗎？還是怎麼了？」

「她……呃，我很不想告訴你，但她走了。」

「走了？去哪裡了？」

「回人類巢窩了。她跟我說，她已經有兩天沒吃東西，體力變得很差，所以沒辦法過河，你明白吧？河水流得太快了，她游不過來，而且她得花超過一天的時間才能跑到距離最近的橋，再花一樣長的時間來到這裡。」

「我明白，」小窗說，「我知道大家也會明白的，只是……可以讓我宣布這個消息嗎，閃閃？」

「沒問題，老大。」閃閃如釋重負的說，「趁你還在這裡，我們可以討論一下接下來的計畫嗎？」

「討論？跟我嗎？」小窗說，「喔，不行，我想你應該找他們討論重要的事情。我不夠了解這一切，沒辦法幫忙計畫什麼。」

閃閃歪著頭，一對眼珠子直視著小窗。

「喔，不行嗎？為什麼？」

「呃，因為……因為我幾乎是年紀最小的，連梣樹道這個地方我都無法想像了，更不用說帶大家回去那裡了，而且……」

「你有生存技能，對吧？你擁有各式各樣的知識，可以理解人類做的所有事情。在我看來，你跟大家一樣有用——這跟你在野世界度過多少個杜鵑夏天沒什麼關係。」

「喔！」小窗說，「嗯，如果是這樣的話，我在想……你可以把你想到的計畫告訴我，如果我有辦法，我就幫忙；如果沒有，我只好請酸不溜或阿榆幫忙了。」

「這樣想就對了！好，我的計畫是這樣：這裡離梣樹道不遠，其實就快到了，但我們必須穿過鎮中心。雖然這個鎮不大，但從邊緣繞過去太花時間了，你明白吧？所以我在想，我們等天黑以後直接從中間穿過去。」

「聽起來很有道理。它是不是像人類巢窩那樣，到處都有死亡戰車？」

「不，安靜多了，也沒有那麼多人類，尤其是晚上，而且只有最熱鬧的地方才有一些亮著燈光的大桿子，但我們可以走一條比較安靜的路，這樣比較安全。」

「我們需要穿越有死亡戰車通過的馬路嗎？」

「大概有一、兩條。」

「我可以負責帶大家走這段路，對吧？我穿越過的馬路比他們要多得多。」

「太好了。」閃閃點頭表示讚賞，「看吧？我就跟你說過，你很有用。」

小窗的臉紅了起來，「好，現在只剩下一件事需要擔心，對吧？」

「什麼事？」

「貓。」

「說得沒錯。我老是忘記你們不會飛。」

「誰可以保護我們呢，閃閃？最後這段路要有保鏢陪著我們才行。」

「如果有一大群椋鳥就好了。」閃閃露出感傷的表情，「就像從前一樣，他們會全體出動，遮住整片天空，還會一起盤旋轉彎、一起俯衝。喔，好懷念啊！」然後他抖了抖羽毛，「那個年代已經回不去了，所以言歸正傳，我告訴你找誰比較方便——幾隻喜鵲，要是他們同意熬夜就好了。他們有非常厲害的鳥喙，而且不跟貓往來，喔，不，他們之間有過節。」
「好主意。你認識喜鵲嗎？」
「一隻也沒有，老大。」閃閃一邊說，一邊開始不自在的左右踏步。
「你是不是……怕他們？」
「什麼？我？怕他們？才不呢。」閃閃把目光從小窗身上移開，「我什
麼鳥都不怕，我不懂你在說什麼。」
小窗本來要回應，但想想還是算了。
「好吧。那誰會在晚上出來活動，還可能幫助四個從沒見過的隱族小
矮人呢？」
「嗯，我知道你們跟貓頭鷹很合得來，但我沒聽說這附近有貓頭鷹。
雖然狐狸也許能幫忙，但誰曉得他們在哪裡。刺蝟有一身尖刺，但你要運
氣好才能找到一隻——希望你不介意我這麼說，但他們正在從野世界消
失，就跟你們一樣。總而言之，只剩下蝙蝠可以考慮了。」
「蝙蝠？」
「我知道，老大，但我只有這個辦法了。他們現在多半會開始冬眠，

但可能有一些還在活動。」

「但，蝙蝠？你是說蝙蝠？」

「對，蝙蝠。聽著，你和我都知道，整個潘神王國裡除了睡鼠和熊蜂以外，最可愛善良的就是蝙蝠了，當然，還有你們。」

「喔，沒錯。」

「可是貓就不知道，你明白吧？貓是人類養的，不是野生的，所以他們沒辦法真正了解我們。現在暫時把自己想成一隻貓：你吃了你的餿水晚餐，在主人面前裝完可愛，但你還是想要殺個什麼來找點樂子，於是你走進黑夜裡，悄悄前進、悄悄前進，準備捕捉獵物。就在這時，啪！砰！一大群蝙蝠在你的頭上飛。很可怕，對吧？」

「是吧，我想？」

「相信我，」閃閃說，「我知道自己在做什麼。現在你回去把小暮的事告訴大家，等太陽下山，我們就在這裡會合。」

「好吧。可是……你要去哪裡？」

「嗯，我得先填飽肚子，你了解吧？然後我必須洗個澡、睡個覺，然後，如果一切順利的話，我會看看能不能幫你們找來一群大棕蝠，甚至是幾隻強壯的夜蝠。好嗎，老大？很好。再見嘍！」

四個隱族小矮人整天都躲在岸邊倒塌大樹的樹根下。他們勉強吃了一點東西、彼此交談、為和藹可親、充滿智慧的老雲感到悲傷，因為他們都深愛這位老友，連小窗也不例外。大家一想到再也看不到老雲那張可愛的獨眼臉，而且沒能親自跟他說再見，心中就難過不已。他們都需要哭出來，也都需要談談自己最懷念老雲的事。

小窗轉告了小暮的消息，阿榆、酸不溜和小苔都非常能夠諒解，主要是因為他們都明白疲憊、擔憂、遠離家園是什麼感覺。

「我不能怪她，」阿榆傷心的說，「我做不到，不過我會想念她的。我想——我愛她，有那麼一點。」

「阿榆，我覺得我們會再看到小暮的。」小苔說，「不知道為什麼，我

就是有這種感覺。」

「我相信我們也會再看到老雲。」阿榆堅定的說。

「可是——沒有隱族小矮人在消失以後出現過。」酸不溜說，「難道不是嗎，小窗？我不是要讓你的希望破滅，阿榆，但事實擺在眼前，我們一旦消失不見，就消失不見了。」

「恐怕真的是這樣。」小窗說，「有些族人消失後，我們還是可以聽到他們的說話聲，但——喔，很抱歉這麼說——不會維持太久。」

「也許這是真的，」小苔回答，「但現在有我們。我沒有冒犯的意思，親愛的小窗，但你們哈布人似乎只是聽天由命。對我來說，不到最後一刻，誰也不知道結果。如果還能聽見老雲的聲音，不管再怎麼微弱，就表示他還在。難道不是嗎，酸不溜？阿榆？」

「我想是吧……」酸不溜有點猶豫的說。阿榆微微的點了點頭。

「聽著，我們不能放棄回梣樹道找人類小孩的計畫。」小苔堅定的說，「如果我們放棄了，我們都知道會發生什麼事——老雲會消失，隱族小矮人會一個又一個從野世界裡消失，直到半個都不剩。但只要我們繼續努力，就會有希望，永遠都有希望。」

「但這很難，」阿榆說，「有希望就會有失望。」

「你知道嗎，阿榆，這是真的。」酸不溜說，「我在發明失敗的時候，都有這種感覺。放棄比較不費力氣，也減少了不確定感，這有時候是一種解脫，不是嗎？但我學到的一件事情是，那不是很……不是很……」

酸不溜的臉揪成一團。

「不是很什麼？」小苔問。

「不是很勇敢。」酸不溜做出結論。

阿榆皺了皺眉頭，「但我不認為自己是膽小鬼，我一直認為自己很勇敢。」

「你很勇敢，阿榆。」小窗說。

「聽著，我們都希望自己很勇敢，不是嗎？」小苔說，「嗯，所以我們會這麼做——就算不知道到底有沒有效，或者事情會怎麼發展下去，我們依舊不斷嘗試。這就叫做勇敢。」

Chapter 10

穿越小鎮

家蝠可以當保鏢嗎？

答案很快就會揭曉！

這是個冷颼颼的下午，樹葉一片片飄落在河岸上：小小的黃色梣樹葉是小苔和阿榆在梣樹道老家就見過的；邊緣呈波浪狀的棕色橡樹葉，對來自橡樹潭的酸不溜來說再熟悉也不過了；至於大片帶著尖頭的橙色樹葉，小窗一眼就認出它們來自梧桐樹——就像人類巢窩裡那些高大的梧桐樹。

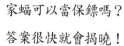

四個隱族小矮人花了一整個下午的時間，清空寶特瓶裡的泥土，拖著瓶子走到河岸小徑的垃圾桶前，然後阿榆把一條有鉤子的細繩往上拋、爬上去，接著把鉤子和繩子拋下來給同伴，大家一起把寶特瓶拉進了垃圾桶。

終於，天色開始變暗，隱族小矮人稱之為潘神、人類稱之為獵戶座的星座，在附近小鎮住家屋頂的後方慢慢升起。這代表冬天的腳步近了，而對小苔和阿榆來說，這也是潘神庇佑的象徵，所以他們很高興看見它出現在天上，俯視著他們。

小苔對著乾燥的地衣敲擊兩塊打火石，把火生了起來，接著他做了橡實油炸餡餅，完成一頓簡單的晚餐，然後大夥兒坐下來等待閃閃和他可能帶來的任何幫手。

「我已經好久沒有見過蝙蝠了。」阿榆說。

「我不確定自己看過他們。」酸不溜回答，「我知道有一、兩隻水鼠耳蝠會在愚蠢溪上面抓蜉蝣吃，但我只跟他們揮揮手，從來沒有正式見過面。」

「我以前認識幾隻褐色長耳蝠，」小窗說，「他們就在我住的那棟建築物的閣樓上過冬——那個時候的人類比較友善，會分享他們的屋子給蝙蝠、鳥和各種生物！」

「長耳蝠很適合當我們的保鑣，你們不覺得嗎？」阿榆說，「他們的耳朵看起來非常驚人，我想應該會讓貓嚇一大跳。」

「說真的，我不介意他們是什麼蝙蝠，」酸不溜說，「只要不是那種又小又沒用的——」

「老大，你們還好吧？」閃閃在黃昏時分降落在他們旁邊，「我來跟你們介紹一下『小嗶』和『小吱』，他們正在我們的頭上繞圈子飛。你們可以看到，他們是——」

「不會是家蝠吧！」酸不溜和阿榆異口同聲的抱怨。

「好沒禮貌喔！」一個極為尖銳的說話聲從頭頂上方傳來。這個野世界暗語聽起來就像溼手指摩擦玻璃表面所發出的聲音。

「我有點想要飛走了！」另一個聲音從隱約掠過昏暗天空的黑色翅膀之間傳來，「想想看，我們本來今天晚上要開始冬眠的！」

「喔，有時候我真不敢相信你們。」閃閃低聲說，「看在潘神的分上，你們最好道歉，立刻道歉。」

阿榆和酸不溜互相推來推去，還嘀嘀咕咕的說：「你去道歉！」「不要，你去道歉！」於是小苔站了出來，抬頭望著黑暗的天空。

「小嗶和小吱，我們很抱歉！」

「我們真的需要你們幫忙，」小窗接著說，「請不要理會我們那兩個沒禮貌的朋友。」

雖然因為身體消失現象，大家有點看不出來，但酸不溜正在徒勞無功的用雙手拍打阿榆，四肢完全隱形的阿榆也偷偷在踩酸不溜那隻看得見的腳。

「真搞不懂這兩個。」閃閃嘆氣的說，然後走到他們面前，開口大喊，「喂！你們夠了吧！」

兩隻小到可以各自摺疊起來塞進火柴盒裡的蝙蝠飛得愈來愈低，最後在距離大家頭頂不到幾公尺的空中繞來繞去。

「我想他們應該是小精靈。」那隻叫做小嗶的蝙蝠說。

「我同意。」小吱帶著尖銳的聲音回答，「他們不可能是隱族小矮人——那只是瞎掰出來的，我媽都是這樣告訴我的。」

「我們真的是隱族小矮人，」小窗說，「就連我也是，而且我還是個哈布人，不過先別說這些了。總之，謝謝你們同意護送我們穿越小鎮，也很抱歉害你們延後了冬眠計畫。」

「這才像話嘛，」小嗶說，「很高興看到你們當中至少有幾個很懂事。好吧，你們想要去哪裡？」

「桴樹道，」小苔說，「就是春天的時候，有一棵大樹倒下的地方。」

「喔，對，我們還記得。」小吱說，「感謝潘神，好在我們沒有認識的朋友在裡頭冬眠！不然那會是一場災難。」

「不好意思，但那真的是一場災難！我和小苔在那個空心樹幹裡睡得很熟。」阿榆插嘴說。

「喔，我很抱歉。你們在那裡住了很久嗎？」

「好幾百個杜鵑夏天了。那裡是——是我們的家。」

「喔，呃，現在恐怕已經找不到了。」小嗶一邊說，一邊繼續在他們頭上盤旋，「人類把桴樹切成一段一段載走了，連樹樁也沒留下，還把樹根洞穴填了起來。現在那裡只有又綠又整齊的草坪，幾乎看不到什麼生物在活動，好像根本沒有桴樹在那裡生長過一樣。」

阿榆和小苔互看對方，內心深受打擊。一想到連最後一排老桴樹也沒了，而且完全找不到它們在那裡生長過的痕跡，真的很難過。

「嗯，總之我們還是要回到花園。」小苔說，「在我們穿越小鎮的時候，你們倆和閃閃可以讓我們不受到貓的攻擊嗎？」

「當然可以。」

「你確定嗎？」小苔說，「因為……嗯，說實話，不久前我才被一隻貓抓走，現在還很害怕。」

「相信我們。我們也許小了點，但一定會保護你們的。」

大夥兒從河岸沿著通往人類住家的小路出發。閃閃在他們上方的樹枝之間跳來跳去，並且朝底下低聲喊著前進的方向。兩隻家蝠則在他們的上空飛行，當起守望員。路燈亮了起來，儘管小嗶和小吱不時查看路燈周圍有沒有飛蛾，但這是一年當中，飛行昆蟲比較稀少的時候。

小苔注視著路旁連棟房屋裡的燈光——電視機發出的藍光在拉下百葉窗的客廳裡閃爍著；比較溫暖的黃光照亮了裝有窗簾的樓上房間，房裡

有孩子在念書、聽大人唸故事書，或者伴著小夜燈的微弱光線在被窩裡睡覺。

「有沒有熟悉的感覺？」酸不溜問，「我們應該快到了。」

「我還看不出來。」小苔說。

「沒有。這些房子都是在我和小苔住進老梣樹很久很久以後才蓋的。」阿榆說，「那時候，這裡全部是田野，而且看得到綿羊。喔，泥濘小巷裡還有一座可愛的古老木造農舍。」

「梣樹道已經變成人類巢窩的郊區地帶了，想想就覺得荒謬，不是嗎？」小苔說，「簡直無法想像！我是說，我們知道田野上蓋了很多建築物，也知道有愈來愈多人類在我們的周圍生活，但我們不知道自己已經變成人類巢窩邊緣的一部分了。」

他們走到街道盡頭，經過一座大教堂、轉了個彎，然後來到兩邊林立著商店的寬廣區域。雖然四周看不到任何人類，但商店櫥窗裡還亮著燈，這似乎讓隱族小矮人非常吃驚。

「我知道。這對夜行族民來說真的很混亂。」空中某處傳來小嗶的尖細說話聲，「我寧願住在暗一點的地方，對吧，小吱？」

「這也把鳥兒弄糊塗了，」小吱同意的說，「怪不得他們有時候會在晚上唱歌，可憐的傢伙們。」

小窗仔細掃視商店區，他發現沒有很多地方可以當作掩護，或者可以讓他們快速躲進陰暗處。

「看來只能冒險了。我們要用最快的速度前進，但必須一起行動，好嗎？」

大家點了點頭。

「小苔，你要不要握住我的手？」阿榆問。

「好。」

在小窗的帶領下，他們像小老鼠一樣快跑，經過了幾間服飾店、一間藥局、一間鞋店和一間書店（大家都知道這是最棒的一種商店），然後來到一家義賣商店的門口，那裡擺了兩大袋捐贈的玩具和衣服，準備在早晨時刻搬進店裡。小窗快速的躲到袋子後面，大夥兒也停下來喘口氣。

「閃閃，現在要往哪裡走？」

「過馬路，穿越那棟給孩子們使用的超大建築物、轉個彎，然後你們就回到熟悉的地方了。呃，除了你以外，小窗，但你知道我的意思。」

「我們可以看看這些袋子裡有沒有能用的東西嗎？」酸不溜滿懷期待的問。

「不行！」大家異口同聲說。

馬路又寬又大，而且儘管是晚上，還是有幾輛死亡戰車從左右兩邊呼嘯而過——小客車、計程車，甚至還有一輛夜間巴士。往左看過去有個轉彎處，所以很難知道有什麼車子從那個方向開過來，或者速度有多快。

「你們現在要做的，是等待空檔出現，然後用最快的速度跑過去。」阿榆說。

「說實話……」小窗說。

「我們和母鹿一起旅行的時候，我就是這麼做的，結果很有用，你們說對吧？」

就這樣，阿榆開始走向馬路邊緣。

「噗嘶！等等！」小窗喊著，「快回來，這樣不安全！」

「什麼？」

「我只是想說……呃，我們還可以用另一個方法，那是我在人類巢窩裡學到的。你們有沒有看見那些亮著燈光的大桿子，還有地上的條紋？每隔一會兒，燈光就會變紅，還發出嗶嗶嗶的聲音，這時候所有死亡戰車都會停下來，就好像聽從潘神的指揮一樣，然後你們就可以走過去了。」

「但這樣的話，死亡戰車不就會看到我們在它們前面過馬路嗎？」

「祕訣是從它們後面走過去。」

所以他們就是這麼做的：等到紅綠燈轉為紅色，觸動式行人穿越道開始發出嗶嗶聲以後，他們就從停下來的車子後面穿越馬路。有個司機確實瞄了一下後視鏡，但他只看見幾片樹葉掠過瀝青路面，沒有任何人起疑。

「唷呼！」小窗說，然後跟大家擊掌。

「好樣的。」閃閃叫著。

「幹得好！」兩隻蝙蝠說。

當他們走到學校遊戲區的圍欄前面時，閃閃飛到頂端棲息，四個隱族小矮人毫無困難的穿過空隙，小嗶和小吱向下盤旋飛行之後，用爪子抓住圍欄，然後倒吊在四個小矮人的上方，以便跟他們說話。

「好，老大，這是最後一段路了。」閃閃說，「過了這棟不管叫什麼的建築物，就是梣樹道的盡頭了，只要沿著街道前進，就會看到你們的老花園。小嗶、小吱，你們準備好了嗎？我偵察了一下，街道上可能會有貓出現。」

「準備好了。」小嗶說，「誰敢接近你們，我們就一起賞他巴掌！」

「啪啪啪啪啪！壞傢伙，看招！」小吱慷慨激昂的說。

「真不敢相信，在經歷那麼多冒險路程以後，我們終於快到家了。」小苔說，「好希望老雲跟我們在一起。你也是這麼想的吧，阿榆？」

阿榆點了點頭，「這種感覺有點奇怪，但你們知道嗎，老雲一定希望我們繼續完成使命，這就是我們要做的事。」

四個隱族小矮人排成縱隊，緊貼著遊戲區邊緣和學校的圍牆前進。學校的窗戶很暗，不過大門上方亮著一盞燈，把他們的影子投射到地面。酸不溜分心了一會兒，想要仔細看畫在瀝青地面上的跳房子遊戲，但大夥兒狂噓他，很快就把他拉走了。

他們轉了個彎，快跑經過巨大的雙開門，然後衝向一組長椅，躲在其中一張長椅底下喘口氣。接著，他們在閃閃的低聲鼓勵下繼續快跑、蹲伏，穿過一座巨大的攀爬架。

就在他們快要通過遊戲區，而另一邊的圍欄近在眼前時，事情發生了。一個黑暗的身影突然從矮樹叢裡冒出來，兩隻蝙蝠急忙俯衝，同時發出戰鬥般的尖銳叫聲。小苔嚇得大叫，緊抓著試圖站穩腳跟的阿榆。在一片漆黑之中，大家無法知道會從哪個方向遭受攻擊，於是只好抱頭緊靠著小苔。有那麼一會兒，他們只感覺有好多黑壓壓的翅膀打成一團，因為閃閃也衝下來加入戰局，他的瘋狂叫罵聲讓情況變得更混亂。

接著，這場戰鬥就像一開始那樣快速的結束了。大家聽到一聲喊叫，兩隻蝙蝠趕緊閃開、抓住圍欄，閃閃也吃驚得向後跳。出現在他們面前和學校遊戲區瀝青地面上的並不是貓，甚至不是小貓，而是一個陌生又憤怒的隱族小矮人。

Chapter 11

進攻吧！蝙蝠

人類學校裡，

出現了新的隱族小矮人？

一輪狩月冷冷的照著學校遊戲區，小苔、阿榆、酸不溜和小窗瞠目結舌的看著眼前的黑衣人影用憤怒的眼神回瞪他們。

「走，滾開！」小傢伙咆哮著，「順便帶走你們的……你們的進攻蝙蝠，還有那隻滿身跳蚤的椋鳥！這是我的地盤，這裡不歡迎你們。」

「喂，你說誰滿身跳蚤？」閃閃一邊喊，一邊鼓起全身羽毛，而且站得直挺挺的。小苔的心跳加快；人們在大吼大叫時總是很可怕。

「我說過了，滾開！」陌生的小傢伙大喊，「否則我就放老鼠咬你們。相信我，你們不會想要那樣的！」

「我還滿喜歡老鼠的，」阿榆悄悄的告

訴酸不溜，「一直都很喜歡。」

小傢伙握緊拳頭，向前走了幾步，然後用一種聽起來比大吼大叫更有威脅感的語氣說：「不要讓我說第二遍。」

「來，我們走吧。」酸不溜說，「好嗎，大家？閃閃？小苔？好，用走的，不要跑。」

於是大家一起慢慢向後退，退到兩隻蝙蝠正在等待的圍欄那裡，然後一個接一個溜到後方的街道上，再跑到其中一個灰色大垃圾桶後面，那些大垃圾桶就像復活節島上的高聳石像一樣守衛著每間房子（這天晚上是人類的垃圾清運日前夕）。當小嗶和小吱在他們頭頂盤旋時，酸不溜首先發言。

「我簡直不敢相信，我——簡直——不敢相信！竟然有隱族小矮人就住在你們的街道盡頭，而且你們還在這裡住了那麼久！」

「真想不到！」小苔說，「你想得到嗎，阿榆？」

「為什麼我們都沒有聽誰說過這件事？」阿榆回答說，「比如巴先生？你會以為他早就知道了。」

「或者，講得更明白一點，比如某隻椋鳥？」小苔轉頭看著閃閃，「我的意思是，你過去常來這裡，而且總是提到孩子們丟下的各種食物！」

「我發誓，老大，我完全不曉得！你們覺得我會讓你們冒險進行一趟尋找更多族人的任務，卻不告訴你們這個重要消息嗎？對我有點信心吧。」

「說得也對。」小苔回答，「總而言之，那個傢伙似乎不太好相處，大概不是那種常常在外頭活動的族人。」

「我想我們確實派出了兩隻進攻蝙蝠，」阿榆說，「換成是我大概也會生氣。」

這時，小窗開了口：「你們知道嗎，我有一種感覺，我想他可能是哈布人。」

「喔，是嗎？」酸不溜說，「為什麼這麼說？」

「嗯，我很難確定，但……我認為他穿的黑色衣服是用某種不天然、人類製造出來的材料做成的。你們沒注意到嗎？」

「我沒注意到。」小苔說。

「我也沒有。」阿榆說。

「你這麼一提，我想我明白你的意思了！」酸不溜說，「它有點亮亮的，而且防水……我好像看過那種東西。」

「小窗，我敢說，只要你試試看，應該可以跟他們做朋友。」小苔說，「因為你真的很會交朋友，就像當時，僅僅六秒，你就讓我覺得，我們似乎認識很久了！」

但他們沒有時間再討論下去。「不好意思，」上頭傳來小吱尖細的說話聲，「你們還需要我們幫忙嗎？還是從現在開始都沒問題了？因為小嗶剛好聽見有些小飛蟲從遠處的堆肥裡孵出來。」

「安啦。」閃閃說，「我的意思是，街道的這一頭只有一隻貓，而且他身上掛了一個很響亮的鈴鐺，我們不會有危險的。」

「喔，太好了——終於可以鬆口氣了！」小嗶說，「嗯，很高興見到你們，小精靈！大家保持聯絡。」

「等等！」小苔喊著，「趁你們還沒走，我想問一下，你們是不是說過你們準備要冬眠？」

「對啊，每年捕不到昆蟲以後，我們就會開始冬眠。」小吱說，「不過，我想這要看今天晚上發現多少隻小飛蟲，還有天氣會不會變冷。怎麼了？」

「喔，我只是在想……你們能不能再等幾個晚上？也許三個晚上？如果到時候還沒有我們的消息，請儘管睡吧。」

「嗯，我們可以試試，要看天氣狀況怎麼樣。」尖細的聲音說，「對吧，小嗶？」

「我沒辦法保證，尤其天氣快要變糟了……但我們會盡力的！先這樣嘍！拜拜！拜——！」

兩隻蝙蝠從房子屋頂上消失以後，小窗疑惑的看著小苔：「剛才是怎麼回事？」

「喔，沒什麼，」小苔說，「我只是有個想法而已。」

「好，」閃閃說，「大家準備好了嗎？再經過六間人類房屋，我們就到了。」

「好奇怪，我對這些一點印象也沒有。」阿榆從大垃圾桶後面探出頭來說，「但我也可以感覺到我們愈來愈接近了。」

「返巢本能。」閃閃說，「我們這些鳥很了解。至於為什麼你一點印象也沒有，那是因為你們離開時是朝街道的另一頭走，不是這一頭。」

「啊，有道理。」

就這樣，四個好朋友小心翼翼從大垃圾桶後面走出來，緊貼著人行道內側，在黑夜中悄悄沿著梣樹道快步前進。一顆擺在某間屋子的柵門外、聞起來香甜可口的雕刻南瓜暫時分散了小苔的注意力；停放在路邊的死亡戰車也讓酸不溜感到非常新奇，他暗自告訴自己一定要再回來看看，只要這些巨大的機器全部睡著了，就像現在一樣。他們經過了一個又一個大垃圾桶，還有一個白色的大牌子，上面畫了六個黑色符號，三個一組，總共兩組，牌子的底架散發著一股濃濃的狗尿味，所以他們趕緊閃開。

閃閃在前方來回飛行，一下子飛到花園圍牆的頂端，一下子飛到行道樹的低矮樹枝上，不斷注意周遭的情況。從居高臨下的有利位置，他目睹了小苔和阿榆恍然想起自己在哪裡的那一刻。

阿榆突然停下來站著不動，同伴們也是。在凝視房屋之間，通往後方花園的小路一會兒後，阿榆轉向小苔，彼此牽起了手。酸不溜和小窗向後退了幾步，留點時間給好友們靜一靜。

「就是這裡，小苔，」阿榆低聲說，「我們終於回家了。你有什麼感覺？」

「坦白說，我有點緊張。」小苔說，「我一直試著讓自己準備好面對老梣樹已經不在的事實，但我不知道自己是不是辦到了。」

「我也不知道。」阿榆回答，「可憐的老梣樹。」

小苔捏了捏阿榆的手，「來，我們一起面對，好嗎？」

於是，他們帶頭沿著房屋的一側前進，經過排水溝和垃圾桶區，穿過花園柵門下方，來到了他們以為可能再也見不到的親愛老花園。

Part 2

紫杉

Chapter 12

甜蜜的家？

回到梣樹道，

有驚喜正等著他們。

　　當太陽緩緩升起，金星、水星這兩個行星和大角星這個耀眼的恆星，逐漸隱沒在天空中，銀河系遠處的地球上有兩個隱族小矮人小苔和阿榆，站立著凝視他們曾經開心住了很久的花園。他們的好朋友小窗和酸不溜就站在身後，名叫閃閃的調皮椋鳥則棲息在圍欄上，難得保持沉默。對大家來說，這是個重要時刻。

　　「感覺好像……好像我們的老梣樹從來沒有存在過。」阿榆輕聲說。

　　「很難想像這是同一個花園。」小苔回答，「看看那片整齊的綠色草坪，連一片梣樹葉都沒有！」

　　阿榆用一隻看不見的手捏了捏小苔的手，「你還好吧，親愛的小苔？你沒事吧？」

「你知道嗎，我感覺有點……得到解脫，可以這麼說。這看起來幾乎是個完全不同的花園，這樣反而輕鬆了點，至少我們不必看見老家支離破碎的樣子。」

「說得沒錯。」

「你們的老家在哪？」酸不溜問。小苔指向角落靠近彈跳床的地方。

「我記得以前這裡都是田野。」阿榆若有所思的說。

「對，你們知道嗎，我們從幾百個杜鵑夏天以前就住在這裡了，那時候我們的梣樹是一整排樹籬中的一棵，」小苔解釋，「而且四周的田野常常會有綿羊，我很喜歡他們。」

「來吧，我們進去看看情況。」阿榆說。於是他帶頭走進雜亂的花壇，它看起來既熟悉又陌生。他們錯過了一整個夏季的生長過程，現在一切都結束了，所以很難看出開花時的景象，或是哪裡長出了什麼，尤其是降下第一場白霜之後，比較脆弱的植物都已經枯萎凋零，變成了褐色。然而，當他們行走時，成千上萬的小種子和根塊正在他們腳下沉睡，準備在明年春天萌發新的生命。

「不知道花園族民醒了沒，」阿榆說，「比如巴先生、小鬍鬚他們。那群老鼠晚上都很忙，也許現在還在外面跑。」

「還有阿卡，他平常很早就起床了。」小苔說。然後他解釋那些亮綠色的長尾鸚鵡不久前才來到這裡，而且個性十分有趣。

「喔，對，我住在人類巢窩的時候，附近也有一些長尾鸚鵡，說不定是阿卡的親戚！」小窗說。

接著他們停在小苔和阿榆過去經常躲藏的常綠月桂叢前面，重新聚集在一起。閃閃飛到地面加入他們，還吃了一隻剛剛鑽出泥土要找溼葉子當早餐的倒楣蚯蚓。

「『早起的鳥兒』那句話是有道理的。」閃閃說。接著他又說：「喔，難怪她從土裡跑出來，好像真的下雨了。」

閃閃說得沒錯，天空下起了小雨，就是那種會讓你全身溼透而且下個不停的毛毛雨。隱族小矮人緊靠在月桂叢下，但沒多久，溼冷的雨水就開始從上方葉子滑落下來，滴滴答答的打在他們身上。

「我們把帳篷搭起來好嗎？」渾身發抖的酸不溜提出建議，「我需要

休息一下，我們已經走了一整晚了。」

阿榆從月桂叢下走出來，瞇著眼睛仰望天空，「我想這個天氣會持續一陣子——沒有藍藍的天空，也沒有微風去吹動雨層雲。我想酸不溜是對的，我們不妨等它過去。」

「我有個更好的想法，」閃閃說，「只是要先確認一下。」於是他飛越籬笆，來到梣樹道51號的花園，三十秒後又得意洋洋的飛回來。

「好，我們去隔壁吧。我找到一個可以讓你們睡覺的完美地點。不是我在吹牛，有時候我真的是個天才。」

「隔壁？」小苔說，「但——我們的花園在這裡，不在那裡。」

「我知道，老大，但你們真的想在下著雨的花壇裡紮營嗎？」

小苔看著小窗，小窗聳聳肩說：「小苔，也許閃閃是對的。話說回來，你們有沒有想過籬笆的另一邊是什麼情況？」

「當然有。」阿榆說，「我們本來應該在老梣樹砸垮籬笆的時候過去偵察一下的，但我們受到太大的驚嚇了，而且離家之前有很多的工作要做。不過，閃閃，既然籬笆已經修好了，我們要怎麼進去隔壁的花園呢？」

「喔，很簡單。」酸不溜說，「瞧！那邊長了一棵植物，我們可以把它當成攀爬架。」

「那棵植物從來沒有在那裡出現過。」小苔懷疑的說。在平復了老梣樹從花園裡消失所帶來的震驚情緒之後，大家開始注意到其他比較小的變化，而且感覺很不習慣。

「我想人類大概希望它長大，然後遮住那個看起來很新的籬笆板。」小窗說，「他們經常這樣。」

於是他們走到那棵植物前面。那是一棵幼嫩的鐵線蓮，今年稍早時，它開出了大朵的紫花，但現在只剩下一些毛茸茸的種子頭，上面覆蓋著晶瑩剔透的小雨滴。鐵線蓮的莖蔓跟固定在籬笆上的木製格架綁在一起，剛好可以幫他們一把。

閃閃飛到籬笆頂端，俯瞰他們的前進過程。阿榆打頭陣，他抓住鐵線蓮的側枝，輕而易舉就爬上了莖蔓。其他同伴各自把背包背帶拉緊，酸不溜則在確認青蛙皮連身衣的兜帽不會像平常那樣掉下來、遮住了視線。

「我在上面等你們喔！」阿榆爬到一半時大喊。

接著上場的是酸不溜，他每爬一步之前，都會先查看鐵線蓮的莖蔓夠不夠牢。再來是小苔和小窗。當他們爬到格架那裡時，格架的木條就成了最方便、最穩固的把手和立足點。沒多久，他們就坐在籬笆頂端，屁股溼答答的，對著隔壁的花園盪起雙腿。

「哇。」小窗說。儘管有點了解人類的花園，但他從來沒有見過這麼有趣的花園。

「我知道，對吧？」閃閃不停的上下擺頭，一副得意的模樣。

「這真是太神奇了！」酸不溜說，「你們想他們會不會是發明家？一定是。」

這個花園跟小苔他們住了很久的花園截然不同，原因之一是它沒有草坪，而且夏天時，盡頭處似乎是野花區，雖然現在整片都是棕色長草，但還是有許多不同植物和花朵的種子頭藏在其中。毛毛雨在池塘表面泛起漣漪，池邊圍繞著各種植物，它們生長得很茂密而且相互糾纏，創造出最好的藏身之所。花園裡還有零星分布的昆蟲屋、一處堆肥、一堆原木、一個掛著餵鳥器的平台、一個收集雨水的大水桶，另外還有看起來很有趣，可以讓住在那裡的人類行走的蜿蜒小徑，以及動物開闢出來的微小路徑。這個花園看起來像是一個供各式各樣野生動物生活的好地方。

「你們能想像它在春天是什麼樣子嗎？」阿榆問，「我敢說一定棒極了！蜜蜂和蝴蝶飛來飛去，池塘裡住著青蛙和蠑螈，有一大堆可以餵鳥寶寶的毛毛蟲，還有很多飛蟲可以讓『空中族民』享用，比如毛腳燕、雨燕、其他燕子和蝙蝠……」

「喔，對，你們應該早點過來看看。」閃閃同意的說，「我的意思是，你和小苔應該早點過來，畢竟就住在隔壁。」

「好希望老雲也在這裡。」小苔感傷的說。

「總有一天消失的身體會回來，然後大家會重新團聚。」阿榆帶著比他們的感覺更有把握的語氣說，「到時候老雲也會愛上這個花園的。」

「無論如何，重點是，我找到適合你們暫時休息的地方。自己選一個吧！」閃閃用鳥喙比了一下。

就在這時，他們看到了好多個鳥巢箱，有些堅固樸素，有些小巧鮮豔；有些出入口比較小，有些出入口比較大；有些朝前面半開，有些長得像金字塔，有些呈現水滴狀。它們固定在籬笆上、棚子上、樹木上和矮樹叢上，甚至在房子的屋簷下。

「這些其實是給我們鳥類住的，但如果你們需要借用一下，我們不會介意。」閃閃解釋，「以我來說，我會選擇我們正下方的鳥巢箱，它們是給麻雀用的，所以才會四個擺在一起，不然麻雀會覺得很孤單。」

小苔、小窗、阿榆和酸不溜低頭去看。就在懸空的腳下，他們看見了四個固定在籬笆上的鳥巢箱。阿榆立刻跳到其中一個鳥巢箱的屋頂上，在邊緣處仔細觀察，然後一頭鑽進箱子裡。過了一會兒，鳥巢箱裡傳來一陣悶悶的喊叫聲：「真的超棒的啦！這個是我的嘍！」於是大家也紛紛跟進。

隱族小矮人各自搬進去安頓下來的那幾分鐘裡，梣樹道51號籬笆上的四個鳥巢箱不停傳出砰砰砰、咚咚咚的聲音，而且每隔一會兒，其中一個鳥巢箱的洞口就有碎屑被推出來，或者有隻死蟲子被扔出去，伴隨著：「好嗯！」的喊叫聲。尤其是小苔，他想把每個角落弄得乾乾淨淨、整整齊齊的，所以灰塵、小枝條、蛋殼碎片和舊羽毛，全都從距離房屋最近的鳥巢箱裡飛出來，飄落到地面上。他們是如此忙碌，而且發出那麼多噪音，以至於完全沒注意到閃閃不停發出特別響亮的警示聲，也沒有注意到他從籬笆頂端的棲息處飛走了。

相反的，他們隔著木板牆開心呼喚，互相描述自己住的鳥巢箱是什麼模樣，並且誇口說哪個才是最棒的，特別是阿榆。所以當他們把頭伸出洞口，想要好好說話時，他們驚訝的發現，眼前正站著一個雙手插在吊帶褲口袋裡、眉頭皺成一團的人類小孩。

Chapter 13

與小秋第一次接觸

與人類交談是好事，

但也不見得誰都喜歡。

「這個嘛，」小秋像所有野生動物一樣自然的說著野世界暗語，「你們不是麻雀，但這些箱子是專門為麻雀準備的，也就是說，嚴格講起來，你們是闖進來的；也就是說，嚴格講起來，我應該找我爸過來。但我不會這麼做，因為有個規則叫做『自己活，也讓大家活』。它的意思是說，凡是沒有造成傷害的，都值得好好對待，嚴格講起來，我覺得你們應該沒有。還有，我不會找我爸過來也是因為小苔，我記得以前看過你，哈囉。」

上次小秋跟他們說話時，小苔過於驚嚇害怕，以至於不敢回答。那時他們的老梣樹剛剛在暴風雨過後倒塌，他們都不知道發生了什麼事，何況，想到人類會說野世界暗語，就覺得奇怪得難以置信。不過從那時開始，他們確實有在思考、計畫和準備再次見到她，即使發生的時間比預期的早了一點。

跟小秋做朋友十分重要，因為他們打從心底知道，如果沒有人類的幫助，隱族小矮人要拯救野世界是非常困難的事。事實上，如果可能的話，他們必須靠小秋才能拯救老雲，而小苔最在乎的正是親愛的老雲。

小苔鼓起所有勇氣，那是在踏出每個冒險步伐、面對大大小小挑戰、挫折、勝利時學到的所有勇氣，然後深吸一口氣，開口說出他們漫長一生中最重要的一句話：

「哈囉。」

「所以你們會說話，太好了。你們為什麼在我的鳥巢箱裡呢？」

「呃，嗯，就是……」小苔開口說。

「怎麼樣？」

「閃閃說我們可以待在這裡，而且……」

「閃閃是誰？」

「一隻鳥，嗯，一隻椋鳥。」

「我是常常在花園裡看到一隻椋鳥，但不知道他有名字。所有鳥和動物都有名字嗎？」

「呃——」小苔對這個問題感到有點意外。

「人類都有嗎？」酸不溜插嘴說。

「沒錯！」

「嗯，好吧！」

「所以……你們叫什麼名字？」小秋問，「我的意思是，我知道你叫小苔，而且那不是暱稱。那你們這些同伴呢？」

「我叫阿榆。」阿榆大聲而堅定的說，想要讓人聽起來很勇敢。

「我叫酸不溜。」酸不溜說。

「小——小窗。」最後一個鳥巢箱裡傳來一個顫抖的聲音，「哈——哈囉。」

「很高興見到你們。我叫小秋，這是我的花園。如果你們願意的話可以住在這裡。我已經決定了，沒關係。」

「真的很謝謝妳。」小苔說。然後大夥兒也紛紛向她道謝。神奇的是，他們都變得非常勇敢，至少現在是如此。他們沒有尖叫或暈倒，儘管他們確實迫不及待要在小秋離開之後好好談談這件事。這一刻不僅成為了他們生命中最不平凡的時刻，也是人類與隱族小矮人建立友好關係的歷史轉捩點，它將永遠留在這兩個物種的記憶中，甚至還有可能改變世界，誰知道呢？

「所以……為什麼妳會說野世界暗語？」小苔好奇的問。

「什麼語？」

「野世界暗語——動物用的語言。」

「喔！我不知道我會，它算是……自然發生的吧。我以為我說話很正常。」

「妳很正常！我的意思是，妳很正常的對我們說話。妳有跟其他花園族民說過話嗎？」

「沒有。」小秋難過的說，「他們從來沒有這麼靠近我，好像全都很怕我，我不知道為什麼。我其實是個很善良的人，你們可以問問真正認識我的任何人，甚至是我爸，如果你們想問的話。」

「那……妳是唯一一個嗎？」

「唯一一個什麼？」

「人類當中唯一一個會說野世界暗語的人。」

「喔！我真的不知道。我希望是，那樣一定很酷。我想住在隔壁的瑪雅或班一定不會。那你們是什麼？」

「可以再說一次嗎？」小苔問。他發現自己有點跟不上。

「就像這世界上有鳥類、哺乳動物、爬行動物、兩棲動物、昆蟲、甲殼動物和魚類，你們是哪一種？」

「喔，我懂了！嗯，我們是『隱族小矮人』。我們從很久以前就生活在這個世界上，但只有極少數的人類看過我們，或相信我們存在。」

「我就是其中一個。」小秋說，「因為我看得到你們，而且不管怎樣，那聽起來滿合理的。」

「怎麼說呢？」

小秋聳了聳肩，「我們有很多故事都提到小仙子、地精和皮克西，我知道不能相信這些故事，但……我感覺所有故事的背後一定有個起因，就算你已經不存在了，就算你很久以前就消失了。」

「說到這點……」小苔試著快速想出最恰當的方式，來解釋發生在他們身上的事，但這時屋子裡傳來呼喚聲——當然隱族小矮人完全聽不懂，但小秋聽得懂——於是在用人類的語言喊回去之後，她說：「對不起，隱族小矮人，我得走了，我爸做了早餐，然後我們要去看我阿姨，現在我們在放期中假，你們知道嗎？明天早上我再來看你們，好嗎？先這樣嘍！」

說完，小秋就跑進屋子裡了。

就在這時，他們聽見籬笆頂端傳來鳥爪摩擦的聲音，原來是閃閃在上面降落，而且像連珠炮一樣發出喀噠聲、口哨聲和嗶嗶聲，其中有很多是無法翻譯的鳥類粗話，不過大致上是氣急敗壞的質問：「跟徹頭徹尾的人類對話，他們究竟以為自己在做什麼？」

「聽著，我們待在各自的鳥巢箱裡是沒辦法好好談的。」阿榆說，「你們大家都有一截釣魚線對不對？很好。把釣魚線的一頭綁在洞口下面那根棲木上，抓著釣魚線垂降到地面，我們就能好好談談了。」

過了一會兒，四個隱族小矮人垂降到潮溼雜亂的灌木叢裡，閃閃也飛

來會合，因為太震驚，身上的羽毛都變得七橫八豎的。

「聽著，閃閃，我知道你要說什麼，」小苔說，「但你知道，要留在野世界裡，我們就需要有新任務，而且光靠撿垃圾是不夠的。好人羅賓的第二個教誨是『人類有一天會成為我們的朋友』，你不記得老雲說過的話嗎？小秋是個會說野世界暗語的人類，而且看起來很善良，如果我們現在的任務是拯救野世界，那她就是可以幫助我們的人類，她可以成為我們第一個人類朋友。」

「朋友？」閃閃氣噗噗的說，「潘神在上，你一定是在跟我開玩笑吧。」

「我們沒辦法建造鳥巢箱，對吧？」小苔繼續說，「我們也沒辦法挖池塘，或者阻止人類用有毒的東西汙染蜜蜂和蝴蝶賴以生存的花朵，但如果我們知道隔壁的花園族民需要什麼，小秋可以告訴她的人類鄰居，他們會去做的。」

「他們為什麼會去做？」閃閃說，「我是說人類。」

「嗯……當然是為了幫忙啊！」小苔回答，「大家都喜歡幫忙，不是嗎？」

「坦白說，我不確定，老大。而且他們為什麼要聽她的？她只是個小孩子而已。」

有時候，你有個在腦海裡堅持很久的計畫，那似乎是個好計畫，但當你告訴別人的時候，它似乎變得一點用都沒有了，就像氣球被刺穿一樣。這就是閃閃的反應帶給小苔的感覺，很洩氣。

「但我們還有什麼選擇，閃閃？」小窗插嘴說，「靠我們自己的力量讓隔壁的花園變得更好？種幾顆野花種子？親手傳播花粉？幫忙壁蜂尋找洞穴？對我來說，如果真的想向潘神證明我們還有用處、還值得留在野世界的話，這樣似乎還不夠。」

「聽著，」閃閃按捺不住了，「我知道你們滿腦子都是尋找新任務什麼的，而且對你們來說，像我們這樣勉強過日子還不夠好。你們認為只要讓自己變得有用，就不會消失了，但真相是，我們全都在消失中，或者說大多數都在消失中。我們椋鳥很清楚這點，以前到了秋天和冬天，天空中常常會有一大群椋鳥飛過，但現在幾乎看不到五、六隻一起出現。麻雀也一樣，還有鍬形蟲、蝴蝶，告訴我你們上一次看見刺蝟是什麼時候。你們的情況並不特別，我們全都在消失中，而且野生動物也沒辦法做些什麼。」

大家一臉震驚，就連閃閃也是，他把這個痛苦的想法放在心裡很久了，一直不打算大聲說出來。

「聽著，我很抱歉，」閃閃低下他光滑的小圓頭，用破碎的聲音繼續說，「我不是故意要阻止你們，你們知道我愛老雲，他就像我的兄弟一樣，而且我一直都很支持你們，但你們剛才讓自己暴露在人類面前，還打算把我們所有祕密和困難告訴她，那些都是我們一直試著隱藏、不讓人類發現的事啊！你們怎麼知道這樣不會帶來更大的麻煩呢？」

「我……我不知道，老實說。」小苔猶豫了一下，「但我們需要人類幫忙才能做好這件事。小秋和她爸爸已經在他們的花園裡做了很多好事，我想我們應該信任他們。」

「我絕不可能跟她爸爸或任何成年人類說話。」閃閃一邊說一邊左右擺動鳥喙，「絕不讓步，門兒都沒有，不可能發生，閃邊去。」

「我有個主意。」小窗說，「如果我們把這當成一個規定呢？不能讓任何成年人類看到我們或者跟我們交談，除了小孩子以外。我跟人類生活在一起很久，我可以向你們保證，有些小孩子真的很可愛，當然不是全部，但有些是。」

「但你怎麼知道哪些小孩子可以信任，哪些不能信任？」閃閃問。

「我們真的不知道，但小秋可能知道。」阿榆說，「別擔心，閃閃，一切都會沒事的。」

儘管得到阿榆的支持，小苔卻開始對他們的計畫產生疑慮，「這一切發生得有點快，對不對？我沒有想到會那麼快遇到小秋，而且我忘了閃閃還不曉得這個計畫。我現在對這一切沒什麼把握了。」

「我想起來了，當時我們是在屋子裡討論這件事的，就在小路和小塔家。」酸不溜說。

「好吧，閃閃，現在你知道了，你真的認為這是個壞主意嗎？」小苔問。

「椋鳥和人類之間原本就沒什麼好感。」閃閃說，「他們一直很討厭我們，潘神才知道為什麼，所以我不信任他們，這就是我的態度，而且我不認為只有我會這麼說。」

「我在想，」小苔說，「如果我們把所有花園族民召集起來呢？」

「喔，就像辦派對那樣嗎？」阿榆說。

「也……不算是，」小苔說，「比較像是辦一場大會。烏鶇夫婦巴先生和巴太太、長尾鸚鵡阿卡和他的家族、家鼠夫婦小鬍鬚和小奧，還有所有飛蛾和甲蟲、麻雀、田鼠、蜘蛛、蟾蜍、水游蛇，一個也不能少。我們把大家聚集起來，這樣就可以一起做決定了。告訴人類小孩我們遇到什麼困難是個非常重大的決定，我們沒辦法自己作主。」

Chapter 14

動物大會

有個重大議題

需要花園族民一起來表決。

閃閃接受請託，把召開大會的消息告訴所有動物——除了梣樹道51號和52號的花園族民，也通知了整條街的動物。按照計畫，每種動物最多只能派兩名代表參加，以免一些數量龐大的動物（例如剪刀蟲）占去太多名額。至於要如何選出那兩名代表，聰明的閃閃決定不去干涉，只是單純轉達訊息。

「那夏候鳥怎麼辦？」小苔問，「他們已經飛去溫暖的國家過冬了。還有蚱蜢和蝴蝶呢？每年這個時候，他們不是在當卵寶寶，就是還在蛹裡，要到明年春天才會出現。」

「聽著，事情不會很完美，」小窗理智的表示，「但我們只能做到這樣。我們沒辦

法替每個族民做決定，只需要確保參加會議的動物愈多愈好。」

「小窗說得對。」酸不溜說，「但我需要先小睡一下，你們不用嗎？我真的累到不行了。我們爬上去，在鳥巢箱裡窩著睡一會兒吧。」

大約到了下午茶時間，雨層雲已經消散。阿榆第一個起床，跟酸不溜一起回到隔壁，挖出幾個月前他和小苔、老雲埋進地洞裡的東西，然後大夥兒全都換上暖和的冬衣，並且享用美味的橡實麵包和堅果醬（只要存放的方式正確，就能保存很久）。

四周的房屋一棟接一棟亮起燈光，冷紅的夕陽漸漸西下。當隱族小矮人聚集在花園的野花區等待開會時，最後一絲陽光慢慢消失，空氣也愈來愈冷。小窗建議生火，但阿榆認為在枯草叢裡生火似乎不是個好主意——即使那些枯草在早晨下過雨之後還有點潮溼。

「我剛剛想到，」小苔有點發抖的說，「我們要像平常那樣，冬天時連睡一整季嗎？」

「這是個好問題。」阿榆說，「我想知道如果不這樣做，會怎麼樣？我的意思是，我們總不能在拯救野世界的時候休息三個月，對吧？」

「你們知道嗎，我一直很想知道冬天到底是什麼樣子。」酸不溜若有所思的說。

「萬一很可怕怎麼辦？」小苔說，「每到冬天，我們都會連睡一整季，這肯定是有原因的。萬一冬天時發生我們不知道的可怕事情怎麼辦？」

「也許那只是我們的傳統。」阿榆說，「傳統做法當然很好，但我們可以變通。」

就在小窗準備告訴他們，哈布人因為過著室內生活，所以不需要睡一整個冬天時，一隻外表光滑的褐金色小蛙從草莖之中跳了過來。「喔，」她說，「我是最早到的嗎？我不喜歡第一個到。對了，我聽說這裡有點心。」

「妳好。」阿榆說，「我們沒有點心，很抱歉。妳是自己來的嗎？」

「我找不到同伴，我想他們早就冬眠了，真是一群懶惰蟲。我叫『可拉』，你是？」

「阿榆。我們是隱族小矮人，這是小苔，那是……」

就在阿榆準備介紹同伴時，有愈來愈多動物報到了。首先是烏鶇夫婦巴先生和巴太太，他們很高興再度見到小苔和阿榆。接著是小鬍鬚一家九口，他們無法忍受彼此分開，所以全都來了。另外還有斑尾林鴿、城市鴿和生性害羞的表親灰斑鳩，他們都是兩兩出席；一對年輕的狐狸（原來他們是小暮的遠房表親）；綠色長尾鸚鵡「阿卡」和「阿華」；四隻到處探查的田鼠（兩隻堤岸田鼠和兩隻黑田鼠）和三隻好動的鼩鼱（兩隻普通鼩鼱和一隻小鼩鼱）；幾隻脾氣不佳的蚯蚓（他們還在埋怨阿榆）；名叫「史賓」的蒼頭燕雀和他的夥伴「巴夫」；兩隻蛇蜥；灰松鼠一家子；水游蛇「小斯」，他剛好在附近而且還沒開始冬眠；麻雀幫的雌性首領「芭吉」和雄性首領「菲普」；蛞蝓、蝸牛、蜈蚣、螞蟻、蜘蛛和其他各種小型動物。「小嗶」和「小吱」這兩隻蝙蝠倒掛在一棵樹上，還有幾隻喜鵲、一隻雄雀鷹和一隻雌雀鷹則棲息在另一棵樹上——雖然他們盡量避免讓其他較小的鳥類感到緊張，但並不怎麼成功。就在最後一刻，閃閃趕來了，他降落在籬笆頂端，跟阿卡和阿華待在一起。

「好，那我們就開始吧。」阿榆說，他是在場年紀最大的，所以覺得自己應該要負責開場，「我們今天聚在一起，是要討論一個叫做『小秋』的人類小孩，而且——」

「為什麼你……呃……身上缺了好幾塊？」後面傳來一個低沉的聲音。

「對啊，我也想知道。」另一隻動物喊著。

「喔，呃，這個嘛，說來話長……」

「那就長話短說。」第一個聲音回應，原來那是一隻斑尾林鴿。

「你們真的沒有點心嗎？」母蛙可拉問。動物們嘰嘰喳喳的說話聲也愈來愈大。

眼看場面快要失控了，阿榆對小苔露出有點絕望的眼神。

「說點什麼吧！」小窗輕聲鼓勵小苔，「你很會表達，也認識這裡的很多動物，你一定辦得到的。」

小苔雖然感到緊張，但還是堅定的在所有動物面前站了起來。

「各位老朋友和新朋友，非常感謝你們的參加。你們不辭辛勞出席這場大會，真的讓我們感激不盡。」小苔開始說，「我們今天請你們過來的原因是——嗯，我們需要你們幫忙。」

動物都安靜了下來。他們從小苔的語氣中聽得出這場會議很重要，也對小苔的道謝感到滿意，畢竟有些動物是大老遠趕來，有些得勇敢面對極度危險的情況——例如車來車往的馬路——還有很多動物不得不接近那些平常會吃掉他們的掠食者。

「我們是隱族小矮人，」小苔繼續說，「很久很久以前，守護野世界是我們的工作。有些動物從我們住在隔壁的時候，就認識我和阿榆，有些可能聽說過隱族的故事和傳說，但有很多動物可能是第一次見到我們，因為我們的族人現在愈來愈少了，就像你們大多數遇到的情況一樣。

「因為好像再也沒有地方需要隱族小矮人了，所以我們正在從野世界消失，這就是發生在阿榆和酸不溜身上的事，而且它很快也會發生在我和小窗身上。不用多久，隱族小矮人就會一個都不剩，就像恐龍或這裡的橙灰蝶一樣，永遠不存在了。

「但有個方法可以阻止這種情況發生，它不只會幫助我們，也會幫助你們大家。我們相信，只要找到某個方法讓自己發揮用處，潘神就不會讓我們消失，而且也許我們可以跟親愛的老雲重新團聚。好，我知道你們不相信，但那棟房子裡有個會說『野世界暗語』的人類小孩，我們是為了她回到梣樹道的。我信任那個人類小孩，而且我認為應該請她幫忙拯救野世界，但這必須先得到你們的同意。」

「請人類幫我們的忙？」樹梢上傳來雄雀鷹「阿槍」的刺耳叫聲，「我的潘神啊，你到底在講什麼？」

「但其實他們已經在做了！」小苔說，「看看這個花園，住在這裡的生物比其他所有花園還多，不是嗎？」

「就像……發生在我們鳥巢箱裡的事嗎？」麻雀芭吉吱吱喳喳的說。當小苔露出尷尬的表情時，她用比較友善的語氣繼續說，「別擔心，現在我們都棲息在常春藤上。」

「這個花園真的有比較多昆蟲可以吃。」小吱說。

「我得承認，我確實喜歡那個池塘，」母蛙可拉也表達出她的喜愛，「我在那裡養大了很多蝌蚪寶寶。」

「灰常好吃。」水游蛇小斯暗自說著。

「嗯，想像一下，如果隔壁的花園、我們原本住的地方，就跟這個花

園一樣歡迎野生動物，那會是什麼情況。」小苔說，「還有它隔壁的那個花園，隔壁的隔壁那個花園，如果它們都能變得更棒，那會是什麼情況！你們想要什麼？」

「無限供應的蚯蚓！」巴先生大聲說。

「我們聽得見你在說什麼，你知道吧，」其中一隻蚯蚓抱怨說，「太沒禮貌了。」

「烏鶇再少一點！」另一隻蚯蚓興奮的大喊。

「田鼠再多一點！」其中一隻狐狸叫著。

「禁止狐狸靠近！」其中一隻田鼠吱吱吱的說。

「我看事情變得愈來愈複雜了。」酸不溜低聲說。

「我也許不該問他們這個問題。」小苔承認說。

「讓我們慢慢來，一次處理一件事。」小窗說。他看得出來小苔開始有點沮喪，「我們現在只需要知道，你們是不是信任我們擔任花園族民的代表，其他問題我們可以晚點再處理。我們隱族小矮人以前守護過特殊地方，所以我們知道怎麼做，也可以教導人類怎麼做。但現在先讓我們決定是不是要信任人類小女孩小秋，然後再談其他的問題。」

「我覺得很有道理。」阿榆說，「我們來投票好嗎？要不要……贊成我們跟人類交談的，都站在這一邊；反對我們找人類幫忙的，都站在那一邊。」

「哪一邊？」鸚鵡阿卡大聲的問。

「噗嘶！阿榆，他們看不見你的手。」酸不溜低聲說。

「喔！不好意思。酸不溜，可以跟你借隻手嗎？最好是看得見的那一隻。」

酸不溜和阿榆花了點工夫，終於讓所有動物明白哪一邊代表贊成票，哪一邊代表反對票。接著，場面就暫時陷入一片混亂，因為大家各自用跑步、拖腳行走、拍翅、蹦跳等方式移動位置，還有一個小土丘出現在贊成票那一邊——是大家都沒注意到的一隻鼴鼠挖出來的。

投票結束後，大家清楚看到贊成跟小秋交談的動物比反對的多。但就在小苔和小窗互相擁抱，阿榆終於有機會跟巴先生和巴太太說話時，酸不溜剛好瞄到在反對票那邊的陰影處，就在閃閃後面，站著一個穿著黑衣、雙手交叉放在胸前的小傢伙。

Chapter 15

破碎的心

不是所有傷口都能輕易癒合。

在確定沒有點心吃了以後，大家很快就解散了。晝行性動物不喜歡在天黑以後外出，夜行性動物必須去尋找食物、做自己的事，而且很多動物都對自己那麼接近掠食者（或獵物）感到極不自在，儘管大家都心照不宣的體認到，在這種罕見的公眾活動中需要暫時休戰。

當參加大會的動物陸續消失在十月的寒冷黑夜裡，漸圓的明月照亮著他們的去路，野花區的茂密草叢和種子頭之間只剩下一個黑衣人。慢慢的，四周陷入一片寂靜。

「以為你們只是開個小會，是嗎？」那個小傢伙終於說話了。

沒有任何聲音回應。

「邀請你們的一個族人來開會，這個要

求太過分了，是吧？」
「喔，我……我們真的很抱歉……」小苔開了口。
「我不在乎被你們忽略，小苔，我已經習慣了。我只是來告訴你們，你們在做的事根本沒有意義。」
「你怎麼知道我的名字？」小苔問。但就在這時，阿榆站出來說：「你是誰？」
「你叫阿榆，你們兩個原本住在那一小排美麗樹籬的最後一棵梣樹裡，後來老雲跟你們一起住，度過了愉快的時光，現在你們無家可歸，老朋友也可能死了，你們很傷心，但你們自以為可以拯救世界，讓一切恢復正常。但是，你們辦不到的。」
小窗摟住開始顫抖的小苔。
「喂！」閃閃一邊說，一邊不甘示弱的鼓起羽毛，但阿榆把一隻看不見的手搭在他的翅膀上阻止了他。
「你叫什麼名字？我好像認識你。」
「小槲。你是認識我沒錯，或者至少應該要認識我。」

「小槲……」阿榆顯然在回想這個名字，「我什麼時候見過……？」

「喔，五、六百個杜鵑夏天以前？但過去這一百年，我們一直是鄰居，只是你們都在忽略我。」

「我沒有，我發誓！」阿榆說，「我在努力回想……你是不是照顧過一棵非常古老的樹，我是指一棵很老很老、大概已經活了成千上萬個杜鵑夏天的樹？我說對了嗎？」

小槲突然露出痛苦的表情，「那是一棵紫杉，最古老的一棵紫杉。那個古老的生命活生生的見證了這個世界。」

「喔，我很抱歉，」小苔立刻表示同情，「我想人類把它砍掉了，對不對？喔，我們完全了解你的感受。」

「不，才不！」小槲突然轉過來瞪著小苔大吼，「你們沒有一個了解！你們根本不知道發生了什麼事。」

這個衝突場面令人感到害怕，因為小槲非常生氣，但他們都看得出來，他的憤怒來自痛苦和悲傷，而且很明顯的，這個陌生的小傢伙來到這裡是為了某件重要的事，某件還沒說出來的事。小苔向後退，再次握住小窗的手，大家都在等著看接下來會發生什麼狀況。

「我的紫杉生長在一個山坡上，很接近你負責守護的地盤，阿榆，就是那片椴樹森林。我記得那片森林後來被砍光了，你也離開了，但我待了很長的一段時間。我的紫杉非常古老，就連最古老的橡樹跟它比起來都像個小嬰兒一樣，而且它深藏著來自古老時代的寶貴智慧和知識。我以為野世界正在發生的變化不會影響到我，但後來……後來……」

強烈的啜泣，開始折磨著小槲用黑衣包住的身體，但大家都不敢過去安慰他。

「我出去找東西吃，就在我離開的時候，我們的兩個族人找到那棵紫杉，而且還……還住進去了……就那樣住進去了！他們跟很多族人一樣，失去了自己守護的特殊地方，在野世界裡流浪，然後他們……他們不讓我回家！他們把我趕走、拿石頭丟我，還說那棵紫杉已經變成……變成他們的了……」

小槲跌坐在地上，摀著臉大哭，彷彿那件可怕的事就發生在昨天一樣——假如你從不談論令你非常傷心的事，可能就會有這種感覺；如果事情沒有說出來、沒有好好得到傾聽，悲傷的感覺就永遠沒有機會變得可以承受，它會一直鮮明的留在記憶中。

就在小槲不停啜泣時，小苔、阿榆和其他同伴震驚的看著彼此。一想到居然有族人可以輕易搶走另一個族人守護的特殊地方，他們就感到難受。這完全顛覆了他們對族人的認知，簡直是不可思議。

過了一會兒，小槲勉強開口說：「這還不是最糟的，最糟的是……他們點燃了一把火，然後……然後……」

「把紫杉燒掉了。」阿榆低聲說，「願潘神寬恕他們。我很抱歉，小槲，我完全不知道。」

小槲站了起來，微微顫抖的深吸了一口氣，「總而言之，我來這裡不是要告訴你們這件事的，我是要來告訴你們不要忘記好人羅賓的詩歌——你們知道的，就是『梣樹、橡樹和山楂樹』那首詩歌。」

「梣樹、橡樹和山楂樹挺立在世界之初……」小苔開始說。

「花楸和紫杉將讓它新生再現。」小槲接著講，「只不過再也沒機會了，因為它已經消失了，我說的是我的紫杉。所以你們在做的事根本沒有意義，一點意義也沒有。」

閃閃向大家告退，飛到矮樹叢裡休息了，但其他同伴繼續在草莖之間跟小槲聊天，讓他多留一會兒。在月光的照耀下，小槲身上那件用黑色垃圾袋巧妙縫製而成的衣服顯得閃閃發亮。大家都很有默契的覺得他們必須表現善意，向小槲證明他還是可以放心跟大多數的隱族小矮人交朋友。

但小槲顯然不太喜歡他們或信任他們（這是可以理解的），而且每隔一會兒就會說：「我要走了。」然後小苔會回答：「再待一下就好！」或者酸不溜會問他另一個問題。尤其是阿榆，他想要證明他們沒有忽略小槲。他們現在才知道，自從梣樹道盡頭的那間學校成立以來，小槲就一直住在那裡。

「坦白說，我很難相信你們不知道我住在那裡。」小槲把雙手環抱在胸前說，「我的意思是，我知道你們住在附近，我記得有個花園族民最早提到這件事。再說，在外面探索環境時，我有時候會看見你們三個在花園裡活動。所以在我看來，你們並不想跟我做朋友，當然也沒有來找過我。」

「其實是，」阿榆說，「我們變得有點……一成不變，你知道嗎？我們從來沒有像這樣離開花園或牧羊場那麼久。老實說，我們會很高興知道有個族人就住在附近的，對不對，小苔？」

「喔，對！」小苔說，「我們會出門遠行，為的就是要找到更多族人，沒想到你一直都住在這裡！」

這時小窗開口說話：「我可以問一下嗎……我希望這聽起來不會太失禮，但你會不會其實是『哈布人』？」

「喔，你們也相信那種蠢話嗎？」小槲直截了當的問。小窗露出有點吃驚的表情。

「蠢話？」

「就是把隱族小矮人分成不同種類。那都是胡扯的，你們還不明白嗎？我們都是一樣的，不管住在室內還是戶外，不管你們怎麼叫我們——

哈布人或隱族小矮人，甚至是地精，如果你們非得這麼叫的話——我們都是一樣的，而且應該互相照顧。我不是說每次都做得到，但反正就是這樣。」

「喔！」小窗說。

「我也有個問題。」酸不溜說，「我注意到你好像不太驚訝看見我和阿榆身上缺了好幾塊。希望你別介意我這麼問，但……你的身體是不是也在消失？」

小槲的外套正面有三個用蒲公英種子做成的大衣扣，當他解開扣子時，大家看到的不是他的胸部，而是外套的後背，衣服裡面空蕩蕩的。

「最早是從心臟那裡開始的，然後慢慢擴大。有一陣子我快要完全消失了，只剩下臉、手指和腳趾，但後來那些消失的部位又開始出現了。」

「又開始出現？真的嗎？」小苔倒抽了一口氣。

「什麼？怎麼會？」阿榆說。

「對，真的太奇怪了。當然，我鬆了一口氣，畢竟當我快要完全消失的時候，我開始感覺……倒不是累，而是好像我不是真的存在。我只希望

【學習單】

小樹文化
Little Trees

跟著隱族小矮人，拯救即將消失的野世界

樹精靈之歌 1+2

梅麗莎·哈里森——著
Melissa Harrison

閱讀關鍵與特色

* 適讀年齡：無注音，適合9歲以上閱讀。
* 閱讀關鍵字：友誼、同理心、想像力、哲思、環境教育。
* 教育議題：環境教育、戶外教育、閱讀素養。
* 學習領域：語文、社會、自然與生活科技、綜合活動。
* 核心素養：系統思考與解決問題、人際關係與團隊合作、道德實踐與公民意識。
* SDGs目標：SDG13氣候行動、SDG15保育陸域生態。

陽台上的小花園

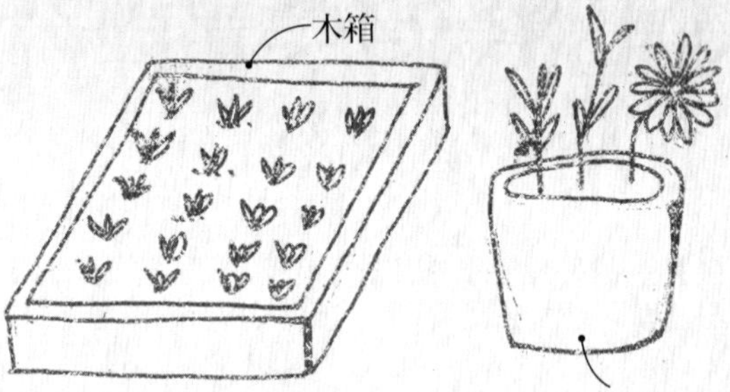

材料

小木箱、簡單的花盆或布丁盒（或優格盒、牛奶罐）、培養土、種子（請選擇蜜蜂與蝴蝶喜歡的蜜源植物，例如：繁星花、馬纓丹、鼠尾草）。

作法

1. 在小木箱、簡單的花盆，或是底部打孔的布丁盒中，放入適量的培養土。
2. 稍微在土裡挖一些小洞、放入適量的種子。
3. 定期澆水，並依照你所選的植物習性，選擇放置的位置。

小活動

小花園裡的植物生長狀況如何呢？有沒有長高、開花了嗎？記錄看看，有沒有看見蜜蜂或是蝴蝶前來採蜜呢？你在小花園裡看見什麼樣的昆蟲呢？

注意 花園可能也會有一些野草野花，像是咸豐草，也是蜜蜂喜歡的蜜源。

製作瓶子船

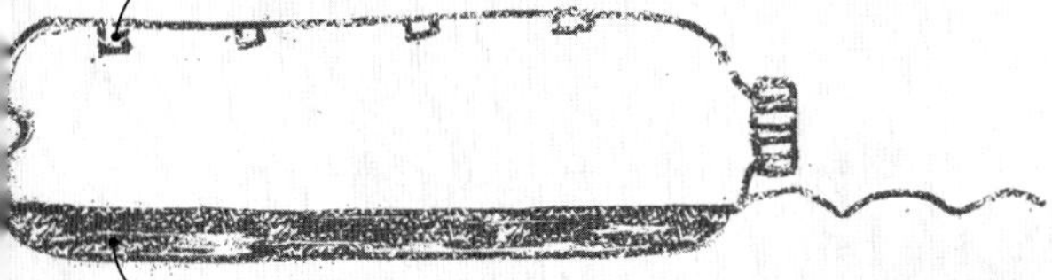

-些泥土、剪刀或美工刀。

泥土放入寶特瓶中，並且讓泥土平均鋪平在寶特瓶一側。
泥土的寶特瓶另一側，開幾個透氣小孔。
或是水槽裡，試看看寶特瓶能不能順利浮在水面上！請記得，
的泥土多或少，都會影響瓶子船浮在水面上的穩定程度喔！

E浴缸裡或是戶外的小水槽，用手撥動水槽裡的水，和朋友比
F船可以最快漂到對岸吧！

用美工刀或剪刀，如果需要也可以請爸爸媽媽幫忙喔。
外玩瓶子船，結束後請記得將瓶子船帶回家，讓所有生物有一
野世界可以生活喔！

製作餵鳥器

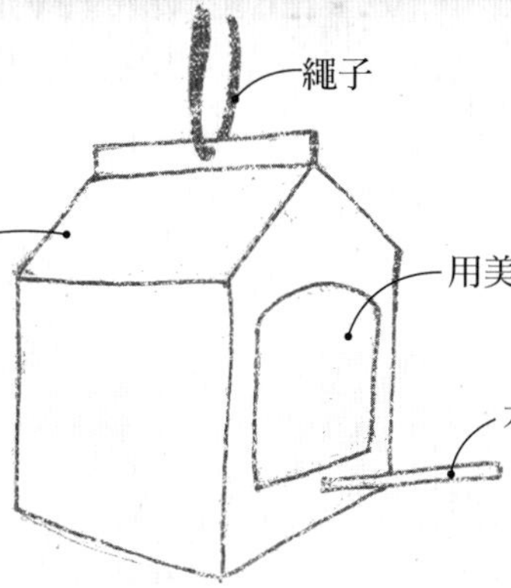

材料

牛奶盒（中型，約寬 7cm 高 14cm）、繩子、木棍、剪刀或美工刀、熱熔膠。

作法

❶ 將牛奶盒洗淨後晾乾。
❷ 利用剪刀或是美工刀，將牛奶盒側邊開一個洞口（約寬 5cm 高 6cm）。
❸ 牛奶盒洞口下方可以黏上木棍，讓鳥兒有地方可以站穩。
❹ 在牛奶盒上方綁上繩子、掛在陽台或是花園裡。
❺ 牛奶盒裡可以放入鳥兒愛吃的穀物或是飼料，吸引牠們前來覓食喔。

小活動

每天早上早一點起床，觀察看看，你家的餵鳥器有沒有鳥兒來覓食呢？
你認得出哪些鳥兒呢？

注意 請小心使用美工刀或剪刀，如果需要也可以請爸爸媽媽幫忙喔。

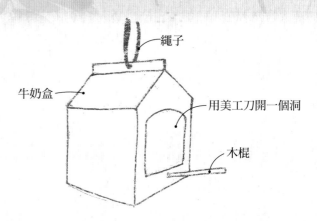

野世界迷宮大挑戰

為了保護野世界，小苔、阿榆、老雲、酸不溜，還有小窗，必須跨過種種大自然考驗，才能讓隱族小矮人繼續留下來、守護著花草、森林、湖泊……如果是你，能夠解開野世界的祕密，成為大自然守護者嗎？快來回答下列問題，看看你對野世界了解多少！

Q1

要出發去愚蠢溪了。阿榆可以用什麼方式來判斷方向呢？

A：觀察樹幹上的藻類、蜘蛛結網的位置。

B：觀察魚兒游動的方向、泥地上的動物足跡。

B

哎呀，答錯了。隱族小矮人迷路了！

A

答對了！他們找到前往愚蠢溪的正確道路。（請參考《樹精靈之歌1》第4章）

Q2

對許多動物來說，野世界最棒的守望者是誰呢？

A：鳥兒，牠們會發出示警的叫聲。

B：甲蟲，牠們會發出示警的臭味。

A

答對了！小苔、阿榆、老雲躲開了危險。（請參考《樹精靈之歌1》第8章）

B

哎呀，答錯了。隱族小矮人被危險的貓咪發現了。

Q3

小苔、阿榆、老雲決定搭鳥類朋友的便車到人類巢窩，他們找哪種鳥類幫忙呢？

A：鴿子。

B：鴨子。

A

答對了！他們順利抵達人類巢窩。（請參考《樹精靈之歌1》第14章）

B

哎呀，答錯了。小苔、阿榆、老雲只能留在愚蠢溪了。

哎呀，答錯了
小窗沒有找到
的家。

Q5

故事結尾，是誰
到梣樹道跟大家

A：椋鳥閃閃。

B：狐狸小暮。

A

哎呀，答錯了。閃閃已經去東岸過冬了！

B

答對了！恭
了野世界。
看看你還能
野世界吧！
精靈之歌2》

材料

寶特瓶罐、

作法

❶ 將潮溼
❷ 在沒有
❸ 放到浴
寶特瓶

小活動

將瓶子船
看看誰的瓶

注意

❶ 請小心
❷ 如果在
個乾淨

全身上下都能恢復正常，我討厭自己看起來殘缺不全，我討厭這樣。」

「但這是個大轉變！」酸不溜興奮的說，「我們來試著弄清楚為什麼會發生這種現象。一定有什麼原因讓你的身體消失又出現，就算只有一部分而已。在你開始復原的時候，有沒有發生過什麼事？」

「嗯，我想想看……那時我剛搬進一個人類小孩白天都會去的地方。復原現象不是馬上開始的，但大約就在那段時間。」

「很有意思。那你有沒有碰巧吃到什麼新奇的食物，或喝下什麼神祕的藥水……？」

「應該沒有，我不喜歡嘗試新的食物。」

「好，如果沒有意外的話，這證明我們的消失現象是可以逆轉的，雖然我們不知道該怎麼做。這太不可思議了！」酸不溜說，「小槲，你說我們在做一件沒有意義的事，但我不這麼認為。這是一件大事，這讓我們有了希望。」

一直靜靜坐著聆聽的小窗再次開口說話了。

「那首詩歌——你們知道的，就是在講梣樹、橡樹和山楂樹、花楸和紫杉的那首詩歌，它是好人羅賓編出來的，對不對？」

「喔，對，」小槲說，「很久以前。」

「我記得老菟絲唱過，你們知道吧。」阿榆說，「愚蠢溪的橡樹非常古老，當然，沒有你的紫杉那麼老，但還是很特別。」

「那首詩歌不只是古老的韻文而已，」小槲接著說，「它也是個預言，暗示我們可以重新改造這個世界，不過得靠花楸和紫杉幫忙——我的紫杉，當然，因為它最古老。但現在不可能實現了。」

「我敢說這裡一定有花楸。」小窗若有所思的說，「花楸是很適合人類巢窩的樹，不會長得太大，到了秋天還有美麗的漿果。不管人類知不知道這些樹有特殊能力，他們肯定喜歡有花楸樹作伴。」

「我敢說我也可以在某個地方找到一棵紫杉。」阿榆說，「你們覺得呢？如果小槲是對的，那首詩歌是好人羅賓留下來的線索，那我們至少應該試著尋找這些神奇的樹木，誰知道接下來會發生什麼事？」

榜樹道一個茂密可愛的花園裡，有個架設在籬笆上的舒適鳥巢箱，小苔正清醒的躺在裡面，四周一片漆黑。隔壁的鳥巢箱傳來一陣陣鼾聲，其他則是靜悄悄的。現在是黎明前的時刻，外頭降下了今年的第二場白霜，把沉睡中的花園變成了銀色世界。

儘管小槲帶來了關於消失現象可以逆轉的震驚消息，小苔卻對事情的快速發展感到不安，阿榆突然提議要去尋找某些樹，只因為一首古老的詩歌有提到它們！當然，小苔熱愛故事和傳說，所以絕不會嘲笑或認為它們很愚蠢，但他總覺得那不是該做的事。

「我保證不會花很多時間，」阿榆說，「也不會耽誤任何事，你還是可以繼續進行你的計畫，跟小秋談談，請她幫忙拯救野世界，對吧？反正那部分不需要我。」

不過在跟小槲仔細討論以後，阿榆決定找閃閃幫忙：「他會飛，小苔，反正他不想參與跟人類小孩合作的計畫。」甚至拜託小窗幫他尋找人類有可能種植花楸樹的地方！小苔苦惱的看著小窗，但小窗給了他一個安心的微笑，然後說：「阿榆，我想就算沒有我，你也應付得來。我要待在小苔身邊。」酸不溜顯然決定要發明一間新房子，讓麻雀可以重新回到這個特殊的鳥巢箱居住。這一切都令人感到異常難過，好像他們這群朋友終於重返家園之後，不知怎麼的就要各自解散了。

但你不能強迫朋友去做你要他們做的事，而且有時候，你可以嘗試很多不同的方法來達成同一個目標。到了早上，小秋會再來找他們，而小苔會請她幫忙。也許她可以想出方法，讓隔壁的花園變得更歡迎野生動物。她可以和住在那裡的孩子們聊聊，然後他們會開始餵鳥，或者做個水塘，展開拯救野世界的新任務，一次改變一個花園。這會有多難呢？

Chapter 16

尋求人類的幫助

人類真的看得到隱族小矮人嗎？

他們願不願意幫忙拯救野世界？

隔天一早，大夥兒從鳥巢箱垂降到地面，享用小苔做的美味早餐——熱榛果粥配一小塊富有光澤的黑莓。當閃閃飛來時，阿榆把前一晚討論的內容告訴他，他答應幫阿榆的忙，到街道和公園裡尋找花楸和紫杉。

就在他們兩個一邊出發，一邊討論特定路線和太陽方位時，酸不溜也前往花園其他地方尋找建造超現代住宅的最佳地點，他說：「雖然我可以算是優秀的發明家，但地點還是很重要，你們了解吧。」

於是，最後只剩下小苔和小窗等待小秋出現，她說過要來找他們。

「你想，她知道我們在這裡嗎？」小窗問。這時他們已經安全的熄滅炊火，也用融化的霜清洗錫鍋了。

「她隨時會來查看鳥巢箱，我們只要大聲叫她就行了。」小苔說。

「或者我可以吹我的笛子。」

「或者你可以吹你的笛子。」

他們等了又等，等了又等。蒼頭燕雀史賓飛來打了個招呼，又匆忙飛走了。破曉的天空出現一排稀稀落落的粉腳雁，他們飛得很高、很慢，看起來很渺小。樹上僅存的葉子一片片飄落。隨著太陽漸漸升起，照到陽光的白霜開始慢慢融化，但樹蔭底下還是一片銀白。

過了一會兒，小窗說：「說不定她忘了，或者……她昨天晚上住在阿姨家。」

「她會來的，」小苔說，「我相信她。別忘了，人類起床的時間比動物晚很多很多。」

就在這時，他們聽到後門開了又關的聲音，緊接而來的是如雷貫耳的跑步聲。

「在這裡！」小苔站起來揮舞雙手，小窗用白色小塑膠管吹出意外響亮而且有點驚人的叭叭聲。刻意吸引人類的注意，感覺起來還是滿奇怪

的。他們的心不停的怦怦跳，接著，兩隻穿著運動鞋的大腳跑到了他們前方，一雙套著牛仔褲的膝蓋向下接觸到地面，一個帶著捲髮和喜悅表情的棕色臉孔俯視著他們。

「哈囉，小傢伙！」

「哈囉，人類小孩！」小苔和小窗異口同聲的回答，然後大家相視微笑了好一會兒。他們三個都出乎意料的開心，這是他們永遠不會忘記的時刻。

「鳥巢箱裡夠溫暖嗎？」小秋問，「昨天晚上感覺滿冷的。」

「夠暖，謝謝妳。不過我們很快就會搬出去，讓麻雀可以回來住。」小苔回答，「酸不溜要幫我們發明一間新房子，就在妳的花園裡，可以嗎？」

「太棒了！在哪裡呢？」

「我們還不確定，到時候會告訴妳的。」

「阿榆去做什麼了？」

「他去找樹了，跟閃閃一起。閃閃是我們的椋鳥朋友。」

「對，小槲有告訴他們去哪裡找。」小窗接著說。

「小槲是誰？一隻槲鶇鳥嗎？」

「喔，不，小槲是我們的族人。」小窗回答。

「小槲就住在你們人類小孩白天都會去的地方。」小苔解釋，「妳知道是哪裡嗎？就是路口那棟大大的建築物。」

「聖斯威辛嗎？喔，那是我的學校。你們大概沒有這種地方，它就是一個……學東西的地方。」

「哇，聽起來好棒！」小苔說。

「還好啦。」小秋說，「不過你們有族人住在那裡，真的很酷，我以前都不知道。你可不可以告訴小槲，我想跟他做朋友？」

「呃……」小苔猶疑的說。

「我們可以試試看……」小窗說。

「對了，這星期都在放期中假，不用去上學，我們要來玩什麼呢？」

「妳知道『跳橡實』嗎？」小窗滿懷期待的問。跟一個比他還要新的新手玩跳橡實應該會很有趣，而且阿榆最近教了他一些新奇的招數。

但小苔用手肘推了一下小窗，「對不起，小秋、小窗，我們不是來玩遊戲的。小窗，你不記得了嗎？我們有一件很重要的事情要跟人類討論。」

「喔！」小秋擺出她最嚴肅的表情，「好，我準備好了，請說。」

於是小苔把失去隔壁梣樹老家以後發生的一切全部告訴小秋，包括他們去鄉下尋找表親、遇到酸不溜、深入人類巢窩中心（「我就是在那裡加入大家的。」小窗說）並認識到隱族小矮人的命運，還有最後老雲說要找到一個新任務，他們才不會全部從野世界裡消失的事。

聽完小苔的話以後，小秋問：「所以你們才會回到這裡，是嗎？」

「是，」小苔堅定的說，「而且我們需要妳的幫助。我們的計畫是讓隔壁的花園變得像這個花園一樣，妳知道，就是種更多對昆蟲有利的植物，也許還有一些餵鳥器，讓它不要那麼——」

「整齊又無聊。」小秋說，「我知道你在說什麼。」

「所以我們在想，既然妳和住在隔壁的孩子們是朋友，也許妳可以——」

「等一下，我有說過嗎？」
「應該有吧，」小苔說，「對不對，小窗？」
「我不記得了。」小窗誠實回答。
「我們不算真正的朋友，我是說，我們不算認識，如果你知道我在說什麼。瑪雅比我大兩歲，班比我小一歲，我們上同一間學校，但不會一起玩或什麼的，我跟他們不太熟。」
「喔。」小苔一臉沮喪的說。
「那妳可以跟他們交朋友嗎？」小窗問。
「我可以試試看，只是……我不確定他們對大自然很感興趣。我是說，我知道瑪雅有收集動物玩偶，可是——」
「她收集什麼？」小苔說。
「喔，一種玩具，絨毛動物玩具。我想班有看電視上播的大自然節目，但這不等於他在現實生活中喜歡大自然。」
「什麼是『電視』？」小窗問。
「這很難解釋。反正我想說的是，就算我跟他們交朋友，我想他們也

不會真的關心自己的花園裡有哪些生物，那不是他們很感興趣的事。」

小苔和小窗困惑的對望，怎麼可能有人對自己身在其中的野世界不感興趣，不想認識它神祕、吸引人、悲慘、刺激的一面呢？看在潘神的分上，還有什麼比野世界更有意思的呢？

「我知道，我也搞不懂。」小秋說，「我爸說：『車有車道，馬有馬道。』但我不知道這跟馬有什麼關係。有時候我爸會說一些很奇怪的話。」

「聽著，」小苔說，「這件事只許成功，不許失敗，我們一定要想辦法讓隔壁花園變得跟這個一樣好，只有這樣才能拯救老雲和其他族人。我們要怎麼叫隔壁的孩子們愛護野世界呢？」

「我不覺得我們做得到。」小秋帶著懷疑的語氣說，「你不能強迫別人喜歡這個、喜歡那個，沒有用的。」

「好吧。我們要怎麼引導他們把花園變得更好呢？」小苔說，「要不然妳可以讓他們感覺到自己不夠愛護大自然，然後變得很慚愧、很難過，怎麼樣？」

「我覺得這個點子糟透了，沒有人喜歡感到難過！」

「我知道了，來辦一場比賽怎麼樣？」小窗提出建議，「例如，比一比誰家的花園裡有最多野生動物？他們會想參加嗎？」

「我想只有一個辦法。」小秋說，「親自示範給他們看。這樣才能讓他們感興趣。」

大約一小時後，小苔和小窗坐在隔壁花園的常綠灌木叢下，等待瑪雅從屋子裡走出來。小秋已經同意去敲門，問瑪雅想不想跟她一起玩。按照計畫，等到兩個女孩走進花園之後，小苔和小窗會散步到她們面前，然後告訴瑪雅所有關於花園族民的事情，希望她會對這一切感到驚訝，想要盡一切努力來幫助他們。

但過了好久，後門還是緊閉著。小秋提醒過他們，要讓瑪雅到戶外可能沒那麼容易，尤其在天氣冷的時候。所以小苔開始擔心，她們可能只會待在屋子裡玩。

最後，後門終於開了。巴先生發出響亮的警示叫聲，這是小苔非常熟悉的聲音，以前只要一聽到，就知道要趕快跑回梣樹老家，不過這次小苔只是捏了捏小窗的手。

「小窗，準備好了嗎？」然後小窗勇敢的點點頭。

當那兩個女孩穿越草坪，朝他們的方向走過來時，他們聽到一種嘰哩咕嚕難以理解的人類語言，那跟小秋和他們交談時自然而然說出的野世界暗語非常不一樣。小苔偷偷往外瞄，看見小秋旁邊有一個長得比較高、綁馬尾、穿著粉紅色外套的女孩。等到兩雙大腳靠近常綠灌木叢時，小苔和小窗就鼓起勇氣走到草坪上。

他們原本以為會引起一陣騷亂，甚至一陣尖叫，結果……什麼也沒發生。小秋在看到小苔和小窗時停下腳步，等待瑪雅發現他們，但瑪雅卻繼續向前走。小苔抬頭看著小秋，她露出非常困惑的表情、停頓了一下，然後跑去追上瑪雅。

「等等，剛才發生了什麼事？」小窗問，「是我們走錯位置了，還是她看到另一邊去了？」

「我不確定，」小苔說，「我們再試一次。來吧，花壇裡有一條小徑，我們可以抄近路，在後院籬笆前面攔截她們。」

在花園盡頭，小苔和小窗又試一次，直接走到兩個女孩面前。小秋再度見到他們，並且來回瞧了瞧瑪雅和他們站立的地方，但瑪雅似乎沒有發現任何異狀。最後，小苔感到愈來愈沮喪，於是跑了出去，在瑪雅面前揮舞雙手、跳上跳下、大吼大叫。雖然瑪雅注視著正確的方向，但似乎什麼也沒看到。

當兩個人類小孩朝屋子走回去時，小秋轉頭望著站在草坪上的小苔和小窗，然後困惑的聳了聳肩。

小苔和小窗回到常綠灌木叢下，大口吃起橡實麵包三明治、醃山楂果和蘑菇，這些是小苔準備的午餐。

「我想不通，」小窗說，「小秋能看到我們，為什麼瑪雅不能？」

「我不知道。我只希望老雲在這裡，這樣就能問他了。」小苔嘆著氣說，「你知道嗎，重新回到這個花園，又讓我想起從前一起生活的日子。感覺真是難過。」

「我可以理解。」小窗說，「當你非常思念你所愛的人時，想起他們可能會是一件很難受的事。」

後門又開了，但巴先生不在這裡，而且小苔和小窗都沒聽見聲音。

「我好絕望。」小苔繼續說，「如果得不到人類的幫助，要怎麼向潘神證明我們還是有用的呢？也許從一開始這就是個蠢想法，畢竟一切都只是猜測而已。我們不確定要怎麼做才能讓世界變得更好，或者怎麼實現好人羅賓的預言，我們可能搞錯什麼了。」

「來吧，我們爬上籬笆，回到鳥巢箱裡等他們回來，」小窗站起來對小苔伸出一隻手，「然後大家可以好好討論一下。你覺得怎麼樣？」

但就在他們走出灌木叢的時候，一顆巨大的足球從他們頭上呼嘯而過，掉進他們後方的花壇。小苔與小窗立刻低頭閃躲，準備邊找掩護邊跑回去。正當他們這麼做的時候，他們聽見一個聲音。

那是瑪雅的弟弟班，他有整整八個杜鵑夏天都跟小苔他們共用一個花園。班一開始是個被父母抱在懷裡的小嬰兒，後來變成一個胖嘟嘟的幼兒，時常跌跌撞撞的走路，還會把蝸牛和小草塞進嘴裡，現在已經是個喜歡在彈跳床上蹦蹦跳跳、把球踢來踢去的小男孩了。他從來沒有對老梣樹底部的有趣樹洞或春天的第一道烏鶇歌聲展現出任何好奇心，當然也從來沒有注意過跟他共用花園的三個隱族小矮人，直到這一刻為止。

「哇，」班低頭看著他們兩個說，「你們到底是誰啊？」

Chapter 17

看見希望曙光

他們即將跟一個名叫班的人類小男孩，
分享重大的祕密。

「……他叫我們明天再來，然後他會告訴我們發生了什麼事！」小窗上氣不接下氣的說著結論。傍晚時分，隱族小矮人聚集在小秋的灌木叢裡，圍著一個小火堆準備吃晚餐，並且討論這一天的遭遇。

「等等，」看來有點氣惱卻不願承認的阿榆說，「所以這個小男孩，這個……班，他能看到你們，但他的姊姊不能？」

「對。」小苔和小窗異口同聲的說。

「小槲，你有什麼想法？在你住的那個『學校』或管它叫什麼的地方，你會看到很多人類小孩，他們是不是有些看得到你，有些看不到你？」

「我不知道。」小槲立刻回答。這是這整晚，他們的客人說的第一句話。

稍早的時候，閃閃飛到學校，幫小苔傳達邀請吃晚餐的訊息，結果小槲立刻就拒絕了。傷害與孤獨帶來的問題是，它會使人想要避開一件可能會幫助他們心情變好的事——和他人共度時光——以免萬一出錯又會受到傷害。儘管閃閃使出了渾身解數，在他離開學校遊戲區時，還是不知道小槲會不會出現。所以當大家看見這個不情願的客人來吃晚餐時，都感到很高興。

「總而言之，」小苔說，「我們打算明天回到隔壁，跟那個人類小男孩聊一聊，看看他有沒有跟大人談過，還有是不是同意我們的想法。」

「什麼想法？」阿榆說。

「嗯，我們還沒有機會跟花園族民討論，了解他們的所有要求，但我們認為應該從一個小池塘、一個野花區和一個餵鳥器開始，然後……再處理剩下的問題。」

阿榆沒說什麼，只是悶悶不樂的把另一根樹枝扔進火堆裡。

「嗯，我覺得聽起來很棒，」酸不溜說，「你們兩個做得很好。有誰想要聽聽我這一天過得怎麼樣嗎？」

「有，請說。」小苔回答。他開始在想，也許阿榆的「找樹工作」進行得不太順利。

「好，」酸不溜開始說，「我本來想幫大家蓋個樹屋，所以花了一整個上午爬上所有合適的樹，尋找好地點。樹屋需要穩固的平台，它得離地面夠高，讓貓爬不上來，但又不能太高，以免在刮風時搖來搖去。而且你會希望有良好的視野，但又不能沒有掩護。結果，沒有一個地點適合。」

「我們不能繼續待在鳥巢箱裡嗎？」阿榆問。

「這對麻雀不公平。」酸不溜說，「總之，我有個很棒的主意，我要幫大家蓋一間……地下住宅！」

接著是一陣很長的沉默。

「就像……地洞那樣嗎？」小窗還沒有完全從獾洞迷路事件中恢復過來，「它會不會黑漆漆的？」

「不會，裡面會有窗戶，裝在頭頂上方的那種。到時候你們就知道了。」

「聽起來會很潮溼，」阿榆說，「我討厭溼氣，它會跑進我的身體裡。」

「它不會潮溼，我保證。相信我，我是個發明家。」

「蓋地下住宅要多久時間？」小苔問，「既然這個冬天，我們不會整季都在睡覺，如果能有個舒適的家讓我們四個住在一起，那就太好了。」

「聽起來很適合你們。」小槲說。

「喔！我的意思是包括你！」小苔趕緊說，「酸不溜，有空間可以給小槲住，對不對？」

「別擔心，我只是說說而已，」小槲簡短的說，「反正我也不想跟你們一起住。」

「呃……阿榆，你今天過得怎麼樣？」小窗想幫小苔化解尷尬氣氛，「你和閃閃找到花楸和紫杉了嗎？」

「快了。閃閃發現了兩棵種在死亡戰車路線旁邊的白面子樹，它們和花楸是同一個家族的。但還沒有找到花楸，當然也還沒找到紫杉。」阿榆說。

「對了，閃閃在哪裡？」小窗問。

「他說要跟蒼頭燕雀一起休息。」阿榆說，「你知道嗎，我想他可能在想念自己的同伴，他今天又講到『群飛』的事了。」

「什麼是『群飛』？」小苔問。

「就是在冬天的時候，上千隻椋鳥在睡覺前表演集體空中芭蕾的現象。」小窗解釋說，「五十個杜鵑夏天以前，他們經常在人類巢窩做這種表演。」

「我在想，椋鳥們會不會在閃閃參加的那個冬季大會上表演。」小苔若有所思說，「對了，他不是該飛去東岸了嗎？」

「我今天有跟閃閃提起這件事，但他說他會留下來幫助我們。」阿榆說，「他真是夠朋友，對吧？今年冬天我們一定要給他滿滿的愛。有些鳥喜歡獨處，但椋鳥不是這種類型，我們絕不能忘記這一點。」

「我要走了。」小槲站起來走進黑暗中，「謝謝你們的晚餐還是什麼的，吃起來不噁心。趁我還在這裡，我想說：你們剛才問到人類小孩的事，這麼說吧，有些小孩比其他小孩善於觀察。在我住的地方，有隻烏鶇叫做『黑黑』，我相信他是你們的朋友巴先生的表親。你們知道所有雄烏鶇到了春天都會在鳴唱聲結尾加個不一樣的花腔音，對吧？黑黑的花腔音聽起來就像人類愛用的那種黑盒子發出來的噪音。有些小孩注意到了，而且似乎很喜歡，所以他們認得黑黑，會想知道他過得怎麼樣，但很多小孩根本沒看到他，就像他從來沒有在遊戲區出現過一樣，更別提聽他發出叫聲了。所以不管怎麼說，我覺得能看到隱族小矮人也是同樣的道理。」

「黑黑這個名字好好笑。」小苔努力忍住咯咯咯的笑聲。

「我幫他取的！」小槲不高興的說，「這個名字很適合他，我會讓你們知道的。」

就這樣，他們的客人走了。

隔天早上，小苔感覺這是從人類巢窩出發以來最棒的一個早上。雖然他和大家一樣仍然為老雲感到悲傷，但他很欣慰自己在做一件值得做的事，而且終於有了進展。當他醒來時知道他們將會跟更多人類交談，就不禁感到振奮。誰也沒想到人類居然可以像其他動物一樣好好跟他們溝通！這是個了不起的發現。

大家吃完早餐後，酸不溜和阿榆出去執行自己的任務，小苔和小窗爬過籬笆到隔壁花園，拜訪他們能在那裡找到的所有花園族民——長尾鸛和松鼠、烏鶇和籬雀、蚯蚓和剪刀蟲，還有灰家鼠。等到屋子裡的人類在吃早餐時，小苔和小窗已經列好一長串需求清單。儘管跟他們料想的一樣，有很多需求互相矛盾，但他們知道（而且永遠不會大聲說出來），要讓一個地方正常運作，一些棲息者就需要吃掉其他一些棲息者，這是沒辦法的事。他們從守護野世界的時候就記住一個祕密，那就是：萬物要維持平衡，這樣野世界裡才會有很多很多非常小、非常重要的生物可以給很多其他生物吃，那些其他生物又足以讓夠多其他生物吃，如此一層一層供應到金字塔頂層的生物，比如數量較少的雀鷹。

過不久，班從屋子裡走出來，他戴著一頂有顆小毛球的紅色毛線帽、一雙手套，手裡抓著破舊骯髒藍色兔子玩偶的一隻耳朵，並且拖著它走。小窗用小塑膠笛吹出一陣叭叭聲，讓班知道他們的位置，於是他跑了過去。班答應他們去小秋家敲門，邀請她來玩，沒多久，他們四個就蹲在彈跳床底下，避開可能從屋裡往外看的任何大人。

「我喜歡你的彈跳床。」小秋靦腆的說。

「謝謝，這其實是我姊的。如果想玩的話，可以上去跳跳看。」

「下次好了。」小秋回答，「真不敢相信隱族小矮人是真的，不只出現在書裡！原來他們以前一直住在你家花園裡！」

班咧嘴微笑，「我知道！這比小狗還棒，小狗一開始很可愛，但不是永遠都可愛，隱族小矮人是永遠都可愛。」

「但現在他們住在我家花園裡，因為那裡比較好。所以我隨時可以跟他們一起玩。」小秋說。

小苔覺得自己必須打斷這段對話，「對不起！我們不是寵物！」

「或玩具。」小窗說。

「你們是動物。」班不確定的說。

「不完全是。」

「你們是大自然。」小秋很有自信的說。

「對，就像你們一樣。」

班和小秋互看對方。「我們？」小秋問。

「但我們不是大自然！」

「是，你們是。」小窗堅定的說，「你們有生命，對吧？」

「呃……對，但大自然是……天然的。」

「你們也是天然的，只是你們忘了。」

「我沒忘。」班說。然後他打了好大一個嗝，還咯咯的笑了起來，「我是天然的！」他一邊喊，一邊脫下手套，用手搓揉冬日的潮溼草坪，把一些泥巴抹在臉頰上，做了個鬼臉。

「班，認真點。」小秋嚴肅的說，「小苔和小窗需要我們幫忙，他們的朋友也是，只有我們才能拯救隱族小矮人。」

「還有整個野世界。」小苔說。

班收起鬼臉，露出好像快要哭出來的表情，「我不喜歡要去拯救什麼，那好可怕，好辛苦。」他小小聲的說。

「我跟你們說過，他只是個小孩。」小秋翻了個白眼，彷彿她比班大了十歲，而不是一歲兩個月又十一天。
「嘿，班，你還記得我們昨天聊過什麼嗎？」小窗問，「餵鳥的事？」
「對。」班說，然後吸了吸鼻子。
「你去問大人的時候，他們說了什麼？」
「他們說，我可以用我的零用錢。」
「什麼是『錢』？」小苔問小秋。
「這很難解釋。好，班，」小秋繼續說，「那麼，你們什麼時候要去買東西？」
「我媽說吃完午餐以後。」
「我可以一起去嗎？我可以跟你說用什麼種子餵鳥最好之類的事。」
「好吧。」班說，「可是瑪雅也會去，她要買色鉛筆。」
「沒關係，」小秋咧嘴微笑說，「我也喜歡畫畫跟著色。」

他們四個利用早上的剩餘時間探索了花園。任何一個從廚房窗戶往外看的大人（就這個狀況來說，也可能是瑪雅），都會以為班和小秋在玩地上的小東西，也許是棍子，也許是橡實或葉子。但實際情況是，小苔正在向兩個孩子和小窗揭露花園裡的所有祕密：花壇裡一條條從隱族小矮人到鼴鼠都會使用的蜿蜒小徑；月桂叢下的安全藏身處；森鼠藏匿堅果和種子的地點；一個地洞入口，洞裡有隻毛茸茸的熊蜂女王在冬眠；還有一個從春天過後就沒有繼續使用的小小鷦鷯窩。無論他們走到哪裡，小苔都會解釋哪個花園族民製作了哪個東西，還有他們的生活方式，小秋也告訴班可以提供哪些幫助。儘管兩個隱族小矮人有點不習慣，但他們都很高興可以跟兩個好奇的孩子分享自己的祕密世界，同時期盼會有美好的事發生。

這也使得他們接下來看到的現象顯得更加驚奇，因為當班和小秋回到屋子裡吃午餐時，小苔和小窗爬過籬笆回到隔壁，然後看見阿榆一臉興奮的從他的鳥巢箱裡探出頭來。

「喔，哈囉！」小苔喊著，「你今天好早回來！」

「我知道，我是直接衝回來的！」阿榆說，然後扔出一條綁得很牢固的繩索，準備爬下去，「我們不但找到了最神奇的花楸樹，而且你們看！」阿榆伸出兩隻完好無缺的手臂，在鳥巢箱的洞口外不停揮舞，「是不是很不可思議？我的手臂復原了！」

Chapter 18

酸不溜的超級發明

酸不溜完成了新家的建造工作，

那真是最棒的發明。

接下來的那幾天似乎一晃眼就過了。如今不只小槲，就連阿榆也以某種方式逆轉了身體消失現象（就算只有一部分），所以大家感到非常振奮，飛快的進行各個充滿希望的計畫。

小苔和小窗把清醒的時刻都用在梣樹道52號的花園上，想辦法把它變成一個對自然生態友善的地方。班用自己的零用錢買了一個小餵鳥器，於是他們向麻雀芭吉和蒼頭燕雀史賓請教最恰當的裝設位置，並且要長尾鸚鵡阿卡承諾，不會獨吞種子，必須讓其他鳥兒也有得吃。他們也用樹枝和樹葉幫班和小秋做了一個舒適的刺蝟窩，以免有刺蝟躲進花園側邊的柵門底下。當天氣冷到無法在外面玩很久時，班和小秋會待在屋子裡討論要如何製作水塘，並且繪製草圖。

另一方面，阿榆和閃閃正加倍努力尋找紫杉。阿榆堅信，找到花楸樹正是逆轉身體消失現象的原因，也是實現好人羅賓預言的第一步，所以他認為如果找到了紫杉，也許能讓酸不溜的左手臂和左腿復原，甚至讓老雲重新出現在野世界的某個地方。他們不辭辛勞的搜尋各個街道、花園、公園以及所能找到的每一塊木頭。閃閃會在空中仔細查看，阿榆則是從一道道籬笆的上方和下方爬過去，或是在厚厚的落葉堆中掙扎前進，所以強壯的他每天都累到筋疲力盡，渾身都是瘀青和擦傷。

小苔不相信阿榆的計畫會成功，小窗也是，但他們不得不承認阿榆的手臂是在找到花楸樹的同一天重新出現的，而且那天他們在花園裡還沒有任何進展。此外，自從那天以來，他們在隔壁花園裡做了很多好事，但都沒有發生任何身體復原的現象，不管是阿榆的腿、酸不溜的左半邊身體，還是小槲的心臟。小苔試著堅信自己正在做的事會帶來幫助，而且是在野世界裡為自己創造新工作的最佳方式，但要始終保持正面態度，並沒有那麼容易。儘管如此，他們唯一能做的就是繼續工作、繼續嘗試、繼續希望

他們朝著正確的方向前進。

夜晚變得愈來愈冷，而且每天都比前一天更早天黑。隱族小矮人和閃閃一到晚上就會聚集在鳥巢箱下的灌木叢裡討論當天發生的事。雖然他們白天都在進行不同的工作，但利用晚餐時間一起討論是很重要的，這可以幫助他們維繫團隊感。有時候小槲會加入他們，現在他已經慢慢變得沒有那麼暴躁了，甚至露出了一、兩次微笑，但他很少留下來吃晚餐，總是會回到路口那間暗暗的學校裡睡覺。

儘管大家對小槲充滿善意，但只有四個鳥巢箱可住似乎凸顯了一件事，那就是：小槲不完全屬於這個團體。酸不溜對這種情況有著特別強烈的感受，所以即使小槲沒有表現出想要跟他們一起住的意思，他依然用盡全力打造一間讓大家都住得下的新家。有時候大家會主動提供協助，但酸不溜最喜歡獨自工作、獨自解決問題，偶爾才會請花園族民幫點忙。

終於，他們的新家蓋得差不多了。酸不溜趁著晚餐前天色還沒全暗的時候，帶著大家穿過灌木叢，往花園盡頭走去。

閃閃也飛來了——並向他們保證，自己只是出於好奇。

「我絕不會再踏進地底下一步，門兒都沒有。」閃閃在隊伍後方嘀咕著，「我只是想知道你們在哪裡，這樣才能留意你們的動靜。」

他們來到原木堆附近，然後走到母蛙可拉正在冬眠的地方。

「注意看。」酸不溜輕聲說，然後壓下一小塊木頭的一端，那塊木頭開始安靜無聲的向內轉動，露出一條祕密通道，接著酸不溜走了進去。

其他同伴既興奮又惶恐的尾隨在後——除了閃閃以外，他待在原木堆旁邊喃喃自語。在通道裡，光線從精心架設在上方的木條和樹枝之間透進來，照亮一排通往地下的樓梯。

他們順著樓梯走過短短的通道，然後在盡頭看見一間舒適的地下住宅。裡面的主起居室有壓實的泥土地面、用一小段原木做成的圓桌，還有酸不溜已經開始安裝到牆壁上的幾個小櫃子，最棒的是，上方有個透明凸窗引進了充足的光線。

「是不是很讚？」酸不溜自豪的說，「那是小秋幫我從垃圾桶裡找出來的，我們一起把它清理乾淨，因為它看起來沾到了人類的食物。如果需要，可以撒一些泥土在上面偽裝一下，但我想我們應該不會這麼做。喔，我希望小苔可以幫我們編一塊可愛的草墊當作地墊，而且我們可以在牆壁上安裝更多的櫃子，對吧？對了，我帶你們去看你們自己的房間！」

有五間小臥室跟主起居室相連，臥室大小足夠讓他們蜷縮在睡袋裡。這間住宅還有一條逃生地道，「我是從獾洞那裡得到靈感的，」酸不溜驕傲的站在地道入口處說，「它會通到野花區邊緣那一大叢康復草下面。」

阿榆把重新復原的手臂交叉在胸前，面帶微笑的看著四周說：「酸不溜，你做得實在太好了！這裡一點都不暗也不潮溼，感覺溫馨又舒適。謝謝你，親愛的朋友，你幫我們打造了一個最棒的家。」

「是啊，謝謝你，酸不溜！」小苔走過去給了他一個擁抱，「我很喜歡這裡，我當然可以幫大家編一塊地墊，一塊最棒的地墊。」

「我簡直不敢相信！」小窗說，「我的意思是，你兩三下就幫我們做出了一艘船，我也聽說過你那輛可靠的戰車『霹靂號』，但這間地下住宅

——實在是超級厲害。」

酸不溜害羞得臉紅了，「我只希望大家住得開心，而且……嗯，愈久愈好。真希望小榭有一天也能加入我們。」

「喂，」上面傳來一個聲音，「你們到底要不要出來？我還得回去睡覺呢！」

「閃閃，對不起！」他們大聲回答，然後立刻順著樓梯走回去。酸不溜還向大家解釋如何在原木堆裡利用祕密機關開啟小木門。

等他們回到地面以後，小苔問：「我們要在鳥巢箱裡度過最後一晚嗎？」

「喔，不，」阿榆說，「小苔，你要知道這對麻雀不太公平，所以我贊成在吃完晚餐以後立刻搬進來！」

沒多久，四個隱族小矮人就感覺彷彿在原木堆下住了好多個杜鵑夏

天，而不是只有六天。

小苔用小草和野花莖幹編織出一塊最美麗的圓形地墊。阿榆和酸不溜討論了盛行風的方向，然後合力建造了一個煙囪，還在主起居室的一道牆邊設置了小壁爐。另一方面，小窗請班和小秋幫忙收集空盒子和包裝袋，並且開始製作像小路和小塔在人類巢窩住處所使用的壁櫃。

每天早上吃完早餐後，阿榆就出門跟閃閃會合，繼續去尋找紫杉，有時候酸不溜也會跟著去，不過他多半是跟小苔和小窗一起到隔壁，在那裡努力改造沉睡中的花園，為春天做好準備。他們三個會尋找蝴蝶、瓢蟲和蚱蜢的卵，如果那些卵過度暴露在冬天的冷空氣中，他們就用鐵線蓮種子頭蓬鬆的穗鬚包住它們，避免被霜凍壞。他們也會在各個花壇裡尋找零星散落的種子（排除花園族民最需要的那些種子），然後好好栽種、澆水，讓它們可以在春天旺盛的生長。有時候班和小秋會來幫忙——儘管當他們放學回來、寫完家庭作業以後，天色通常已經暗了。瑪雅曾經走到花園一、兩次，但她還是沒發現小苔他們，即使他們就從她的身邊經過。

以往這個時候，隱族小矮人早就進入漫長的冬季沉睡期，但小苔並沒有像他原本以為的那樣感到疲倦，或許是因為他們的生活似乎充滿了目標。除此以外，看著最後幾隻嘰喳柳鶯向南飛去，黃蜂、突尾鉤蛺蝶和蝙蝠開始冬眠，加上樹木落下最後一批葉子，好讓光禿禿的樹枝在冬季天空中留下剪影，是很有意思的事。他們從來沒有親眼目睹常春藤在十一月開花，或者真菌類植物從肥沃潮溼的土壤中冒出頭來，這些都是一年之中自然週期的一部分，接下來發生的一切也讓他們看得興味十足。

就在他們回到梣樹道好一段時間，並且開始安定下來時，發生了一件即將改變一切的事。起先是班和瑪雅的父母花了整整兩天時間清理花園，他們砍掉死去的植物和灌木，把它們扔進大火堆裡燒掉，使得花園充滿濃煙味，花壇看起來也光禿禿的。他們用刺激性的化學用品清理木板平台，並且在木板平台上的大花盆裡種植了不會散發香味的進口花朵，然後把原本收在棚子裡的庭院家具搬出來擺放。後來，有些客人出現了，還到花園裡拍照，屋子前的柵門旁邊也立起一個紅白相間的大牌子。

某個星期六早晨，班到花園裡尋找小苔和小窗，他看起來哭了一陣子。

小窗吹笛子發出信號，於是班走到已經冷掉的火堆灰燼旁邊。小苔和小窗正在那裡尋找在可怕大火中倖存下來的種子或昆蟲卵。

「班，怎麼了？」小苔問，「你在學校被罵了嗎？」

「姊姊欺負你了嗎？」小窗帶著同情的語氣接著說，「你知道她其實很愛你的，對吧？我敢說她只是在跟你開玩笑。」

但班只是搖搖頭，用戴著手套的手背擦鼻涕。

「那是怎麼回事呢？」小苔問。

「媽媽和爸爸說……他們說，我們要搬家了。」

「什麼意思？要搬去哪裡？」

「我們要去住另一間房子，因為它比較大。我不知道它在哪裡，因為我還沒看過。我還是可以上同一間學校，但……我不能再幫忙花園的事了，我不能再跟你們一起玩了！」

「喔，班，不要哭。」小窗說，「想想看，你要去認識一個全新的地方了，這是多麼值得高興的事！不管怎麼說，你還是可以把那裡的花園弄得很漂亮，對不對？」

「小窗說得沒錯。」小苔說，「你可以尋找那裡的花園族民，了解他們需要什麼，而且最棒的是，你已經知道怎麼幫忙了！」

「那這裡怎麼辦？這個花園怎麼辦？」

「我們會照顧它的，對不對，小窗？」

「當然，我們一定會的。」

在聽到這些安慰的話以後，班的心情很快就開始好轉，不過小苔卻有種沉重感，他們不但會非常想念這個小男孩，而且他們在這個花園上投入的所有努力，似乎突然受到威脅了。

Chapter 19

失去幹勁

小苔和阿榆

遇到了有史以來最大的挫折。

「不騙你，我很擔心他們兩個。」閃閃說。隔了幾天後，小秋家花園裡的加蓋式餵鳥器上，閃閃一邊跟酸不溜說話，一邊啄著小秋爸爸擺出來的美味麵包蟲乾。

「我也很擔心。」酸不溜說，「小苔幾乎一整個星期沒有下床，阿榆也好幾天沒說話了。他們是不是開始懷念冬眠了？我自己是覺得還好。」

「不是的，」閃閃說，「這是因為他們失去幹勁了。」

「失去幹勁？」

「你也看到他們為了拯救野世界那麼努力工作，但現在出了狀況，所以他們提不起勁了。」

酸不溜嘆氣說：「這個地區找不到任何

紫杉，現在連他們老花園的未來也陷入危機。」

原來，隔壁的壞消息比想像中的還要糟。除了房子被賣掉以外，有一大片花園會變成停車場，給旁邊即將新蓋的診所使用。草坪、花壇、棚子和空心老梣樹曾經矗立的地方，都會消失在瀝青地面下，只有靠近後門的木板平台會保留下來。

「小苔和小窗為花園付出的心血全都白費了，」閃閃搖著他的光滑小圓頭說，「這真是太不像話了。」

「我們要怎麼做，才能讓他們振作起來呢？」酸不溜問，「我不喜歡看到他們這樣。也許我可以發明些什麼好玩的東西。」

「我不確定，老大。」閃閃說，「有時候你得讓他們體會他們所感受到的一切。別忘了，他們也還在為老雲感到悲傷。」

「怎麼說呢？」

「嗯，他們只要忙碌的工作，想著自己正在逆轉身體消失現象，就不必面對老雲即將消失的事實，你明白吧？但現在他們放棄希望了——砰，悲傷的感覺就湧上來了。」

酸不溜嘆了口氣，「閃閃，你說得沒錯，我只希望可以幫助他們。我們的新家快要裝潢完成了，還剩下幾個櫃子而已，所以我……我不知道自己還有什麼用處。」

「陪在他們身邊，」聰明的閃閃說，「讓他們知道你關心他們。還有，你不能也放棄希望，總有一天會發生某件事，然後改變一切的，你等著看吧。」

大家剛搬進原木堆下的地下住宅時，小苔覺得裡面相當舒適溫馨，總是充滿著閒聊聲和新鮮感。不過它現在變得很安靜，而且空氣有點沉悶。多虧有了壁爐，所有房間還是很溫暖，儘管外面正籠罩在小苔遇過最寒冷的天氣中；但大家的悲傷情緒還是影響了整個住所的氣氛。

在聽到花園即將變成停車場的消息後，小苔起先感到憤怒又難以置信，接著變得悲傷起來，他和阿榆還斷斷續續哭了整整兩天——為了老雲，也為了他們都很憧憬卻再也無法實現的未來。如今一直激勵他們向前邁進的希望似乎已經消失，他們的幹勁也跟著消失了。明白同伴有多麼擔心自己，也讓一切感覺更糟。

小苔躺在床上、盯著天花板。這時，酸不溜從閃閃那裡回來，在樓梯口跟小窗低聲交談，而小苔在無意間聽到了他們的對話。

「小苔又睡著了。阿榆一直說他沒事，雖然情況並不是這樣。」小窗用憂慮的語氣喃喃的說，「我建議大家說個故事，或者玩跳橡實遊戲，結果他們一點回應也沒有。我甚至說我可以用笛子為他們演奏一首可愛的曲子，但他們對什麼都沒興趣。」

「我剛才跟閃閃談過，他說我們不必勉強他們開心起來。」酸不溜輕聲回答，「閃閃說，就讓他們悲傷，直到那種感受過去為止。」

「我一直試著這麼做，」小窗說，「但真的很難，尤其是他們都迷失在自己的小世界裡，甚至沒有互相安慰。就連我們吃什麼，小苔好像都不在乎，這太不像他了。他待在小路和小塔家的時候沒有發生過這種情況，甚至被貓咬傷了也不曾這樣。」

「是啊，這絕不是個好現象。」
「對了，酸不溜，我一直想問你，你還好嗎？」
「謝謝你的關心。」酸不溜回答，「我想……嗯，如果要我老實說，我不相信他們的計畫會成功，但我有點希望自己錯了，也許最後我的左手臂和左腿會神奇的復原，再也不會消失。我確定阿榆也有同樣的感受，或者比我的感受更糟，因為他的雙手都復原了，這似乎並不公平。」
「我想我們都有同感，只是程度不同而已。」小窗說，「不過我一直提醒自己，好人羅賓一點也不害怕自己消失，所以我也不應該害怕。」
「再說，也許我們會在下一個地方再次見到老雲，誰知道呢。」酸不溜感傷的說，「好，我要做午餐了，然後我們一起去陪陪他們，好嗎？」
「其實我打算出去透透氣。」小窗說，「你們已經把我從一個宅咖變成戶外咖了，所以我要去外面走走，看看野世界每天都在發生什麼事！」接著小苔就聽見當小窗走出去時，原木堆下的祕密小門一開一關的聲音。
酸不溜帶了一點午餐進來，然後默默坐在小苔的床邊，過了一會兒才離開。小苔除了小睡、盯著泥土牆上呈網狀分布的白色細小樹根、把押韻字湊在一起（例如「小窗／很忙」），還會習慣思索如何運用優美的方式描述某件事物，但就只是這樣而已。主起居室偶爾會傳來一聲歎息，阿榆盤腿坐在那裡、凝視著壁爐，不時把一小塊松果丟進火堆，或者拿起鐵絲往裡面戳一下。

同一時間，梣樹道52號屋子裡的所有書本、玩具和衣服都已經裝箱，地毯被捲起來、窗簾也拆掉了。當人類都在忙進忙出時，閃閃正棲息在屋頂上，駝著背、孤零零的想念著鳥類同伴。

生活在寒冷冬季花園裡的蚯蚓、彈尾蟲、馬陸、線蟲和其他住在土裡的動物，則正在結霜的地面下慢慢的、慢慢的往深處移動。

Chapter 20

小槲神祕的家

小窗決定找小槲幫忙，

但是他真的適合提供建議嗎？

的確，如今小窗喜歡每天待在戶外，但是他今天出去走走不是為了這個原因。不論誰說了什麼，看到小苔受苦卻幫不上忙，實在是太難受了。

「誰曾經經歷過絕望？」小窗想。就在這時，小槲浮現在他的腦海中，畢竟在老紫杉被其他隱族小矮人燒掉時，小槲歷經了難以想像的失落感，然而他用了某種方法重新振作起來。想到要突然跑去學校找小槲，感覺就有點可怕，因為小槲不太愛笑，而且一直刻意不邀他們去學校，但是如果有機會可以幫助小苔，那就值得一試。

小窗從側門底下溜出去，經過幾個垃圾桶走到街道上。他盡量不去想從梣樹道往學校這段路上，可能會出現哪些危險事物，像是貓、人類或呼嘯而過的死亡戰車。幸好街道很平靜，而且小窗沿著路邊小步快跑，也多次停下腳步注意四周狀況，最終安全抵達了梣樹道的路口。接著，他穿越學校的圍欄溜進遊戲區，蹲在一個棄置的零食包裝袋後面。

上一次隱族小矮人來到這間學校時，裡面黑漆漆、空蕩蕩的，但現在有不同年齡的人類小孩成群聚在一起，有的玩攀爬架，有的坐在長椅上說說笑笑。這些小孩都穿著制服，外面套著冬季大衣，而且大多戴著毛帽和手套。小窗仔細尋找小秋、班甚至瑪雅的蹤影，但他一個也認不出來。

「你找哪位？」一陣鳥叫聲突然從小窗身後傳來，嚇得他往空中跳了大概三公分。一隻跟巴先生長得很像的烏鶇站在鋪了瀝青的地面上，好奇的用鑲著明亮黃邊的眼睛注視著小窗。

「喔，哈囉，你嚇了我一跳！」

「萬分抱歉，我只是想為你提供協助。你期盼見到一位名叫小槲的族人，我的理解是否正確？」

「呃……對，沒錯。你怎麼知道？」

「料事如神，如此而已。」烏鶇說，「請問要怎麼稱呼你？」

「我叫小窗，很高興認識你。」

「彼此彼此。你可以稱呼我『黑教授』。」這時，烏鶇彬彬有禮的鞠了個躬，然後站得直挺挺的，「我從小在教育場所出生長大，認為自己算得上是一位聖賢、一位導師、一位……」

「等一下，你該不會是……喔，叫什麼來著？我想起來了！你該不會是『黑黑』吧？」

烏鶇立刻洩了氣，聲音似乎也變了。

「對啦，好了好了，就是我啦。」

小窗咧嘴微笑說：「小槲說過你的事，你會在歌聲裡加入孩子們很喜歡的特殊花腔音，對不對？」

「沒錯，但現在我做不到，因為是冬天。我要到春天才會唱歌。」

「說得也是。但——你不喜歡你的名字嗎？」

「喔，我不該抱怨的，」烏鶇嘆了口氣，「只是……它聽起來不是很體面，我想當個體面的動物，為孩子們樹立好榜樣，你了解吧？」

這時，一陣鈴聲響起，孩子們開始回到教室裡。

「對了，」小窗說，「你可不可以告訴我小槲住在哪裡？或者你可以轉告他我在這裡——如果你覺得這樣比較好的話。我知道不速之客不見得受歡迎，畢竟他並沒有邀請我過來。」

「你是朋友還是敵人？」

「朋友！」小窗立刻說，「我住在梣樹道的一個花園裡，跟小苔、阿榆和酸不溜在一起。過去幾個星期，小槲給了我們一些建議，但現在出狀況了，所以我……我需要找他幫忙。」

「嗯，聽起來很嚴重。」黑黑說，「往這邊走吧，而且要快一點，因為待會兒人類小孩又要跑出來了。」

他們穿過遊戲區，來到校門旁邊的一道圍牆前，那裡有一條黑色塑膠管從屋頂邊緣的排水槽延伸到地面。

「從這裡上去。」黑黑說，「最上面有個通道，我在那裡跟你會合。」

於是黑黑往排水槽的方向飛去，小窗開始攀爬那條排水管。排水管背面有一個又一個小釘子固定在磚牆上，形成一道實用的梯子，所以沒多

久，小窗就爬到頂端了。

「在那裡面。」黑黑用黃色鳥喙往屋簷下方一塊黑暗空間比劃了一下，「不要怕。」

「我不怕，」小窗說，「人類的房子我熟得很！」於是他們一起前進。

他們沿著屋簷內側的狹窄通道緩慢移動，黑黑的爪子發出陣陣的刮擦聲。這讓小窗想起了那天在獾洞裡，阿榆如何摸黑找到他，並且坦白說出自己真正擔憂的事，這個舉動幫助他們建立了深厚的友誼。也許有一天，小槲也會這麼做。

「往裡面走。」黑黑說。就在小窗的面前，在組合式天花板和上方的木造屋梁之間，有一大片低矮空間。其中幾片天花板有點歪斜，所以底下教室裡的燈光和人聲（包括一個大人和許多孩子的聲音），都從天花板的縫隙之中穿透上來。

有個黑衣人影正背對著他們，趴在那個低矮空間的中央，一動也不動。

「噓！」小槲說。他一邊盯著底下，一邊對他們揮動手臂，黑黑和小窗立刻停下腳步。

「別介意。」黑黑輕聲說，「每次人類小孩在學有趣的事物時，小槲都會這樣，他已經偷聽了好多個杜鵑夏天了。」

「但怎麼可能？他們說的是人類的語言。」小窗輕聲的說。

「對，但如果你往下看，可以發現那個大人在一個很像牆壁的東西上畫來畫去，有時候還會看到會動的圖片或什麼的。如果你觀察得夠久，大概就可以看懂他們在做什麼了，呃，反正小槲是這麼說的。我雖然是在這裡長大的，但一直懶得費那個心思。」

「你在這裡長大的？」小窗問，然後看著四周空蕩蕩的天花板空間，「這裡不太像烏鶇會養育下一代的地方。」

「喔，沒錯。聽說當我還是一顆蛋的時候，我住在學校遊戲區旁邊一棵樹上的鳥巢裡，但孵化後沒多久，就從樹上掉下來了。後來小槲在地上發現我，看見我在大太陽底下快要死了，於是一路把我帶到這裡——那時候還是人類小孩的遊戲時間！——然後獨自把我扶養長大。」

「哇！所以小槲是你的養父母！」小窗說。

「沒錯。」黑黑驕傲的說。

這時，小槲站起來對他們點頭打招呼。

「黑黑、小窗。」

「哈囉，小槲，」小窗回答，「你住的地方真不錯，很……很開放，也很……呃……很有極簡風格。總之，很抱歉這樣闖了進來。」

「我能幫你們什麼呢？」

「我……我希望你能給點建議。」

小槲什麼也沒說就轉身走開了。小窗看著黑黑，不知道該怎麼做。

「嗯，快跟上去吧！」黑黑說，「我們待會兒見。」然後他就一跳一跳的沿著原路回去了。

於是小窗踮著腳尖，穿越教室天花板走到遠處的一個角落，然後在木造屋梁後面看到了小槲真正的家。那是個舒適的小房間，裡頭擺滿了小窗見過最有趣的東西，例如有機器人、狐狸和檸檬造型的橡皮擦、裹著包裝紙的糖果、彈性髮圈、塑膠恐龍、鉛筆、筆蓋、一條櫻桃護脣膏、萬用貼土、各種形狀和大小的迴紋針、一枚無線耳機、像塵封酒瓶一樣側放的舊式墨水匣，還有一個像畫作般掛在牆上並寫著「我♥好心的尖鼻怪」的徽章。

「哇，這裡好棒喔！難怪你不想跟我們一起住。」小窗說，「這些是什麼啊？」

「我沒什麼概念，」小槲說，「我還在努力弄清楚。也許哪天酸不溜可以過來幫我。好吧，請坐。」

牆邊有一張用毛茸茸筆袋做成的沙發，當他們一起坐下來時，沙發裡的彈珠擠來擠去，發出啪噠啪噠的聲響。

現在要向小槲解釋自己來訪的原因了。小窗突然覺得很想哭，幾乎說不出話來。

「慢慢來。」小槲用難得和善的語氣說。

「是小苔的事，當然還有阿榆。喔，小槲，我想……我想他們已經放棄了，我真的很擔心他們！我不知道該怎麼辦，然後我……我想到了你，因為……」

「他們當然放棄了，時候也差不多了。」

「什麼!?」

「我早就知道這附近沒有紫杉。你想想看，如果有的話，我難道會不知道嗎？阿榆拉閃閃來幫忙，但我有黑黑，他已經飛遍這附近查看過了，只是為了再確認一次而已。其實從一開始，這就是一場徒勞之舉。」

「一場什麼？」

「沒什麼。說到小苔的事──嗯，潘神保佑所有勤奮努力的人，但要靠一次改變一個花園來拯救野世界，是行不通的。」

「但──這樣做總是值得的吧？每一粒野花種子、每一個蛹、每一隻田鼠寶寶都很重要……」

「當然，所有田鼠都很重要，沒有誰反對這點，蜜蜂和其他生物也很重要，但這樣做太花時間了，我們的時間不夠。」

「什麼意思？」

「野世界正在失去一切，包括我們。」

「但那個身體消失現象……你已經開始復原了，還有阿榆……」

小槲聳著肩說，「我也搞不懂，怪事一件，我只能這麼說，它改變不了什麼。很抱歉，小窗，但有時候說出真相才是最仁慈的做法。」

小窗把頭埋進手裡，試著理解這句話。

「如果你知道這樣做沒有意義，為什麼還要幫忙我們執行計畫呢？」

小槲突然哽咽了，「我……我很孤單。我在這裡住這麼久，一直以為花園裡的三個族人不想認識我。後來你們來了，而且對我很友善，呃，除了進攻蝙蝠以外，所以我想跟自己的族人待在一起，就是這樣。」

接著是一陣很長的沉默。

「我……我來這裡是想請你幫小苔和阿榆振作起來。」小窗結結巴巴的說，「我愛小苔，你知道的，而且我想你應該可以告訴我，你是怎麼克服絕望、學會繼續向前走的。」

「繼續向前走的方法，」小槲直接說，「就是……忍受絕望，然後等待。」

「等待什麼？」

但小槲沉默不語。

Chapter 21

銀白色的野世界

梣樹道換上新面貌，

但有個好朋友要離開了。

到了午夜，夜空開始降雪，星座也被厚厚的雲層遮住：雄壯的大熊座、擁有明亮小星團的仙后座，以及在野世界裡有「潘神」稱號的獵戶座，全都消失在厚重的雪雲後面。

剛開始，那些雪就像糖粉一樣細小，但沒多久就變大而且成團飄落，在梣樹道的路燈下打轉，在深夜零星幾輛車子的大燈光束中飛舞。

因為地面很冷，所以雪片在草葉之間慢慢堆積，讓每家後院的草坪都鋪上了一層雪毯。厚厚的白色霧淞掛在光禿暗沉的樹枝上，停放在路邊的車輛，車頂和引擎蓋也被雪覆蓋，籬笆柱和垃圾桶上出現圓圓的小雪堆，綠葉灌木叢也戴上白帽。積雪壓低了四周的聲音，而且入夜不到幾小時，就改變了整個世界。

東邊地平線剛露出一絲微弱的冬季曙光時，小苔就醒過來了，因為白天時常小睡，所以到了晚上也無法睡得很久。他感覺好像哪裡不一樣，但說不上來是什麼：或許是從主起居室小窗戶穿透進來的光線，不知為何看起來比平常還要白，又或許是四周安靜無聲的關係。

過去一個星期以來，小苔變得比以往還要有警覺性和好奇心。他慢慢走進主起居室，然後抬頭看。天窗外面似乎蓋著某種厚重的白色物體，但光線還是透得進來。他還聞到一股新奇的味道，一股乾淨、清新、潮溼的味道。那到底是什麼東西？

小苔決定很快的到外面看一下，不要吵醒大家，他只是想確定一切都很正常，然後放心回去睡覺。但當小苔走到樓梯出入口並把門打開時，他驚喜的倒抽了一口氣，因為眼前的景物不但變得銀白寒冷，而且美麗極

了，彷彿所有煩惱都可以忘掉——至少暫時不用面對複雜而艱難的日常世界。

小苔目瞪口呆的看著小秋家的花園，沉浸在美景之中。就在這時，一個聲音冒了出來：「哇。」原來外頭的冷空氣從開著的大門吹進來，把小窗吵醒了，所以他走出來查看情況。

「我懂你的感覺。」小苔說。

小窗關起他們身後的大門，然後牽起小苔的手。

「這到底是什麼東西？」小苔問，「我是說，我感覺得出來它很天然，但……你以前看過嗎？」

「自從放棄沉睡整個冬季以後，我看過好幾次了。它叫做『雪』。」

「它是怎麼來的？」

「從天上降下來的，就像下雨一樣。」

「不會吧！」小苔說。他抬頭看著灰色的天空，這時東方還泛著一抹淡淡的檸檬色。

「我知道。」小窗咧嘴微笑，「聽起來不太可能，對吧？」

「整個冬天都會這樣嗎？」

「喔，不，可能只會下個幾天，甚至只有一個上午而已，要看天氣。阿榆應該知道多久後會融化。」

「好主意，我們應該叫醒他們，」小苔說，「不曉得他們有沒有看過雪！」

「等等，」小窗抓住小苔的手臂，「讓他們再睡一下吧。你不想玩嗎？」

小苔凝視著這個白色花園。寒冷的冬陽正在升起，微弱的光芒把雪地照得閃閃發亮。在這個感覺一切都很悲傷的時候，他開心玩耍是對的嗎？真的有可能嗎？但另一方面，在雪地上留下第一對腳印是多麼酷的事啊！而且如果——

就在這時，一顆又溼又大的雪球擊中了小苔的耳朵。小窗放聲大笑，然後跑向野花區。小苔想都沒想，就捧起一大把雪，把它擠成一團，然後一邊叫一邊追著小窗跑。

接下來的十分鐘，這兩個好朋友把雪砸到對方的背上、一頭栽進柔軟的雪堆裡，還沿著冰冷的雪坡往下溜，這時候的他們，只感受到快樂。

「喔，對，我看過，但只有在它來得特別早或特別晚的時候。」阿榆說。

「我也是，」酸不溜說，「你們應該看看愚蠢溪下雪的樣子，太美了！溪水潺潺流過堆起白雪的河岸，邊緣甚至會結冰，橡樹潭的其中一部分也是。感覺真的很棒。」

四個隱族小矮人坐在白雪皚皚的原木堆頂端，很多較小的花園族民還在原木堆裡冬眠。儘管太陽已經升起，但陽光還沒有照進小秋家，或者班和瑪雅的家。阿榆和酸不溜已經跟小苔和小窗玩了一會兒，現在興奮感消退了，所以大夥兒決定休息一下。

「下雪最棒的地方就是，可以看到很多動物足跡。」阿榆說。他似乎跟小苔一樣，從雪中重新得到了活力，「真的很奇妙！你可以看到大家都在做什麼：鳥兒跳到哪裡、狐狸走在哪裡、老鼠跑到哪裡。有一次我發現斑尾林鴿的腳印，還有他起飛時，兩隻翅膀在雪地上留下的痕跡！」

「哇。」小苔說。

「說到鳥……」小窗說。這時閃閃降落在一根從原木堆裡凸出來的細枝上，然後把翅膀整齊的收好。

「好，老大，你們在聊什麼？」他說。

「下雪了，」小苔說，「真是太神奇了！」

「喔，對，我忘了你們可能還沒看過。我相信在雪地裡玩耍是很有趣的事，但下雪也讓我們幾乎沒東西吃。」

「我們還有一些煙燻蚱蜢腿，小苔，對吧？我拿一條來給你吃，好不好？」小窗問。

「我不反對。」

「老朋友，你還好嗎？」小苔問。這時小窗已經拿著閃閃的點心回來了，「已經有好幾天沒看到你了。」

「喔，你知道的。」閃閃聳了聳肩，把目光移開。

「你還是很失望嗎？因為我們找不到紫杉。」阿榆帶著同情的語氣問，「我完全可以理解。」

「沒有。我的意思是，那對你們來說肯定很可惜，但我不是為了那個原因。我是……嗯，說起來滿蠢的，我一直感到很孤單，我知道我有你們，但我一直很想念其他椋鳥同伴——我的『族人』，這樣說對吧？我的夥伴，我的族群。」

四個隱族小矮人圍繞著這隻悲傷的椋鳥，用擁抱、撫摸和貼心話語來安慰他，直到他不耐煩的拍動翅膀，從他們身邊跳開。

「好了好了，別再碰我的飛羽了！真受不了。」

「如果你願意，現在飛去東岸還來得及。」阿榆說，「我認為接下來幾天都是晴朗寒冷的天氣，很適合飛行。」

「謝了，老大，但太晚了，世界各地的椋鳥應該都已經飛到那裡，也交到新朋友了，我打不進他們的圈子的，尤其我還是單獨出席，你明白吧？」

「你說單獨出席嗎？」小苔問，然後朝西邊天空看過去。

「對，我覺得比大家晚到還單獨出席會有點怪。」

阿榆也站起來往西邊看過去，並且抬起一隻手遮住微弱的冬陽，「嗯，閃閃……」

「反正我不想自怨自艾，所以我來找你們，看看你們想做什麼。」

「閃閃！」酸不溜和小窗站在原木堆上異口同聲的說，而且一直盯著閃閃的後方看。

「怎麼啦？」閃閃大喊。這時，伴隨著強大的振翅氣流、嘈雜叫聲和隨處四濺的鳥糞，一百隻、兩百隻還有更多椋鳥從天而降，停在花園四周的樹木和結實纍纍的灌木叢上。他們的黑色身軀與白雪形成對比，而且把樹枝壓得向下彎曲；他們互相嬉鬧、啄來啄去，然後不到幾秒鐘的時間，他們全都坐下來棲息，而且變得很安靜。

閃閃目瞪口呆的看著眼前的景象，四個隱族小矮人則帶著笑容注視這一大群椋鳥；酸不溜和小苔驚喜的用雙手摀住嘴巴，阿榆興奮的跳上跳下。

「群飛！群飛！」小窗一遍又一遍的輕聲說。

「那是什麼？」鳥群裡傳出一個聲音。接著，一隻年紀很大、很漂亮的母椋鳥從樹枝上跳下來，走向原木堆。

「空中芭蕾表演。」小窗說，「真不好意思，很高興見到妳，我叫小窗，這是——」

「喔，我們知道你們是誰。」她說，「想看空中芭蕾嗎？我想，我可以幫你們安排一下。」

閃閃還是一句話也沒說，於是小苔輕輕推了推他。看到這麼多的新面孔，這隻平常自信滿滿的小鳥突然害羞起來。

「好吧。」閃閃終於開口了。

母椋鳥笑著發出一連串有趣的嗶嗶聲和喀噠聲，「閃閃，你好。」她說。

「我想我們還沒見過面，對吧？我是『阿彩』，我已經度過九個杜鵑夏天了，現在負責帶領這群椋鳥。今天我們被派來帶你回東岸。」

「被派來的？誰？」

「沒事。你要跟我們一起走嗎？」

「可是——」

「他們會沒事的，我保證。」

「妳怎麼——」

「相信我。」她的話裡帶著微微笑意。

閃閃看著四個隱族小矮人，他們手牽著手站在一起。

「我不能去。」他低聲說。

「你可以去。」阿榆用令人安心的語氣說。小苔含淚微笑，點了點頭。

「我不能去！」閃閃又說，「我們還沒有找到正確的樹，而且你們的老花園快沒了，所以你們可能會……你們可能會……」

閃閃把鳥喙埋在胸口的羽毛裡啜泣。

小苔張開雙臂摟著他、抱著他、親吻他臉頰上柔軟細小的羽毛。

「別擔心，閃閃，阿彩說得對，我們會沒事的，現在你需要去找你的同伴，跟他們在一起。等你春天回來的時候，我們還會在這裡的，你等著看吧。」

「我們一定會在這裡的，不騙你。」小窗接著說。

「我們保證。」酸不溜說。

「但你們根本不能保證什麼，不是嗎？」閃閃一邊說一邊抽泣，「事實就是這樣。」

酸不溜和阿榆互相看著對方，他們的身體仍然只有一部分看得見：阿榆的雙腿還沒有復原，酸不溜的左手臂和左腿也是。

「我們會盡最大努力待在這裡的。」阿榆說，「這一點我可以保證。」

「對了，我正準備發明一樣東西，」酸不溜說，「一台可以重新看見物體的機器！它一定會很棒。我其實已經想好該怎麼做了，我只是……還來不及告訴大家。」

他們都很清楚這不是事實，但他們也知道，隨著一天天過去，閃閃只會變得愈來愈孤單。他早就該回去當一隻椋鳥，做所有椋鳥在冬天都會做的事：一起群飛、一起棲息、交換情報和最新消息，還有換上一身跟汽油顏色一樣斑斕炫麗的羽毛，為春天做準備。

「時候到了，閃閃，」阿彩和藹的說，「你準備好跟我們一起飛了嗎？」

隱族小矮人一個接一個走上前去，擁抱閃閃，而且努力忍住不哭。

「一路平安。」小苔說，「我們會想念你的。」

「明年春天見。」阿榆說，然後哽咽著轉身走開。

「明年春天見！」他們一起高喊。這時，閃閃和整個椋鳥群在巨大的振翅聲中凌空一躍，湧向花園上方的冬日天空，在梣樹道上的高空愈飛愈遠。

然後，神奇的事發生了。當椋鳥群在白色天空中顯得遙遠而模糊時，他們的隊形開始改變。每隻椋鳥形成的小黑點聚集成一大團黑色雲霧，它先是散開來變成一張大網，隨後又瓦解成一個小泡泡；它一下子伸展成一個又高又瘦的橢圓形，一下子又往外翻騰，變成幾乎像是一個球體。看著這場精采無比的空中芭蕾表演，小苔的心也跟著飛揚起來，而且充滿了對閃閃的祝福。現在閃閃終於可以跟自己的同伴在一起，成為他期盼已久的鳥群成員，然後在冬日裡表演那輕盈美妙、轉眼即逝、難以忘懷的空中芭蕾了。

Chapter 22

花秋

大家全都跑出來玩了，

孩子在雪地裡可以發現什麼祕密呢？

等梣樹道的孩子們睡醒，往窗戶外面看時，椋鳥群飛的表演早已結束，鳥群也不見蹤影了。但隨著人類的一天開始運轉，孩子們紛紛來到屋外的花園，有些緩慢謹慎、有些興奮大叫，還有些細心好奇的孩子，注視著平常行蹤隱祕的生物在雪地裡留下的足跡和線索。雖然有些孩子沒有戴上手套或毛帽就衝出門外，所以被大人叫進屋裡還挨了罵，而且起碼有一雙絨毛動物拖鞋在雪地裡弄溼了；但大家都知道，下雪是野世界裡最棒的一件事，必須盡情享受，畢竟誰知道它會持續多久，或者何時會再出現呢？

阿榆和酸不溜坐在原木上，看著小苔和小窗用雪堆出一隻鳥。他們試著幫它加上像閃閃那樣的尾巴，而且做得比鵪鶉甚至鳥鶇的尾巴還要短，但這個嘗試還是失敗了，以至於雪鳥尾端塌了下來。當小秋從屋裡出來時，小窗吹響了白色笛子呼喚她，然後她捧起一把雪，跑到花園盡頭，並且在身後留下一排巨大的人類腳印。

「雪——來——嘍！」她大喊，然後對準一棵樹的樹幹扔出雪球，砸出一片雪白的痕跡。當隱族小矮人歡呼叫好時，小秋在他們身旁蹲下來，咧嘴微笑。

「是不是很棒！」她說，「我爸說今天是下雪天，所以不用上學，基本上這是很棒的事，這樣我就不會錯過這場雪了。今天是我第二次真正看到雪，不過我爸說，在我還是嬰兒的時候曾經下過一次。你們在玩什麼啊？」

「我們在做一隻雪鳥，」小苔說，「但不太成功。」

「它比較像一團雪塊，對吧？」小窗稍微退後，並且看著它發表評論，「嗯，算了。」

小秋歪著頭，仔細看著他們。「你們還好嗎？」她問，「你們看起來有點難過。」

「喔，我們沒事。」阿榆露出堅強的微笑，「我們有個朋友去旅行了，事情就是這樣。我們會很想念他的。」

「他還會回來嗎？」

「明年春天。」

「嗯，那就好。嘿，你們知道班和瑪雅明天就要搬走了嗎？」

「明天！」阿榆說。

「這麼快？」小苔接著說。

「他們的玩具全都裝進箱子裡了，所以在他們搬到新家以前，每個人只有一個玩具可以玩。班拿了他的兔子，瑪雅有一隻可以放進微波爐加熱、然後抱著睡覺的狐狸玩偶。」

隱族小矮人發現了一個有趣又驚奇的現象，那就是很多人類小孩都會跟假的野生動物玩——就算在現實生活中，那些孩子沒有對野生動物表現出太大的興趣。雖然大家都不知道微波爐是什麼，他們也習慣這件事了——有時候人類的事情真的太難理解了。

「班真的很愛那隻兔子。」阿榆說，「我本來想帶他去認識真的兔子。

兔子是很棒的玩伴，但你不能像他那樣抓著兔子的一隻耳朵到處走。」

「我去看看班想不想過來玩，好不好？」小秋問。

「等等，」小窗說，「如果這是他們待在這裡的最後一天，那去他們的花園玩吧。他們需要跟花園說再見。」

「我知道了。」小秋站了起來，「那我在那裡跟你們會合，好嗎？」

班和瑪雅會在午餐過後跟爸爸媽媽一起去滑雪橇，但他們和小秋度過了一個非常愉快的早晨。三個小孩滾了兩個雪球來堆雪人，在積雪的草坪上留下好幾道歪七扭八、裸露著青草的線條。小苔、阿榆、酸不溜和小窗也幫忙尋找幾顆圓石頭和一根樹枝，當作雪人的眼睛和鼻子。他們把自己找到的東西交給班或小秋，因為瑪雅還是沒有發現他們；她似乎也沒有注意到巴先生和巴太太在露出青草的地方跳來跳去找蟲吃。即使瑪雅看到班和小苔說話，也只是對小秋開玩笑說，她弟弟交了個「幻想朋友」。這時候，大家唯一的反應就是對看了一下、露出會心一笑。

堆好雪人以後，四個隱族小矮人坐在常綠灌木叢下休息，瑪雅拿下她的紫色圍巾，包在雪人的脖子上。

「別忘了明天離開之前要拿回去喔！」小秋用人類的語言說。

「我想把它留在這裡，」瑪雅說，「當作一種獻禮，就像古羅馬人會做的那樣。它也可以向下一個搬進來的人證明，我在這裡住過。」

「你們要離開這裡了，會不會難過？」小秋問。

「我會，」班說，「我真的很難過。」

「對啊，」瑪雅說，「我以為我不會難過，結果還是會。我們的新家真的很棒，我的房間也大很多，但那邊的花園擺不下我的彈跳床。」

「至少妳沒有轉學，」小秋說，「這很重要。」

兩個小女孩面帶微笑的看著對方。過去幾個星期以來，事情有了一些變化，雖然她們還不太熟，但已經開始做朋友了，而且結果證明，她們的友誼會一路從求學時期延續到長大以後，只不過她們還不知道而已。

「瑪雅，妳知道今年春天，我們的花園裡有兩個鳥巢嗎？」班說。

他的姊姊搖了搖頭。
「現在它們是空的，但有一個是鶺鴒的巢，另一個是籬雀的巢。」班自豪的說，「新家的花園裡會不會也有鳥巢？」
「我不知道，」瑪雅回答，「但——」
「妳知道花園裡有個家鼠窩生了七隻寶寶嗎？」
「不知道。但，班，你是怎麼——」
「而且還有田鼠走出來的小路？喔！也許我們可以看到他們的腳印，因為下雪了。我們去看看吧！快點，瑪雅，我帶妳去看！」
當然，四個隱族小矮人完全聽不懂這段談話，但是當班帶著姊姊走在花園裡，凝視鳥的腳印、貓的抓痕以及齧齒動物跑來跑去留下的小徑時，他們非常清楚班在做什麼——他正在為姊姊介紹花園族民的祕密世界，一個直到最近，他才親眼見到的世界。
「耶！」小秋對著四個隱族小矮人開心微笑，「瑪雅喜歡大自然！你們看！」
「這都是雪的功勞，它讓一切看起來更有趣了。」小苔了然於心的點

了點頭，「再說，它會讓心情開朗起來。」

「他們明天就要搬走，真的太可惜了，」阿榆難過的說，「她沒有機會認識所有花園族民，而且很快就來不及了。」

「但這樣還是很棒，」酸不溜說，「誰知道他們會在新花園裡遇到誰呢？想到他們兩個會去尋找住在那裡的生物，我就很開心。」

就在這時，後門打開了，班和瑪雅的媽媽叫他們進去吃午餐。「花秋，妳要不要一起吃？」她問，「我們有很多菜。」

「我去問問我爸。」小秋說，然後跑回隔壁去了。

班和瑪雅朝屋子的方向跑過去，結果到了後門，瑪雅湊巧瞄到盤腿坐在常綠灌木叢底下的隱族小矮人。突然間，她第一次直視著他們，並露出驚奇又訝異的表情。

「班！班！」她拉著弟弟的袖子猛喊。但班沒有理她，因為他正忙著脫掉長筒雨鞋，其中一隻卡住了。

「我現在才知道原來小秋的名字叫『花秋』。」班一邊說，一邊使勁踢掉雨鞋，沒有仔細聽姊姊在說什麼。

小苔站了起來，猶豫的舉起一隻手揮舞。

「你們快進來。」媽媽說，「雅雅，妳在看什麼？」

「喔，沒事。」瑪雅說，「我只是……我以為我看到一個東西，沒什麼。」

Chapter 23

真正的紫杉

有時候，

事情不見得會以你期望的方式結束……

那天下午，小秋和她爸爸，還有瑪雅和班一家人，全都來到有雪坡可以玩雪橇的公園。瑪雅和班共用一個木造平底雪橇，那是多年前爺爺奶奶買給他們的，而這不過是他們第二次使用，真的相當有趣。小秋滑的是塑膠托盤，結果它從雪坡上溜下來的速度比平底雪橇快很多，如果膽子夠大的話，還可以一邊溜一邊旋轉，所以他們互相交換、輪流玩，也跟其他孩子一起玩。有些孩子用的是橘色塑膠雪橇，甚至衝浪板，還有一、兩個孩子開心的坐著垃圾袋溜下來。

他們回到家以後，孩子們都洗了個熱水澡。沒多久，晚餐時間就到了，但小秋趁著還沒和爸爸一起坐下來吃飯之前，溜進了花園一會兒。花園裡的積雪還沒有融化，所以在星月的照耀下閃著微微銀光。鳥兒在四周棲息，並且鼓起全身羽毛抵抗寒冷——三隻籬雀待在沿著籬笆茂密生長的常春藤裡、一對知更鳥躲在親手編織並塞進灌木叢的鳥巢袋中，還有一隻斑尾林鴿棲息在樹上。麻雀幫亂哄哄的在三個鳥巢箱裡取暖，另一個鳥巢箱則有十一隻小鷦鷯試著舒服的窩在裡面——儘管他們不時會踩到彼此的頭。

小秋微微打著冷顫、雙手環抱在胸前，穿著拖鞋嘎吱嘎吱的走到花園盡頭。

「小苔！」她用野世界暗語輕聲說，「小窗！你們在嗎？」

幾個微弱的音符從一根用廢吸管做成的小笛子傳了出來，於是她沿著聲音前進。就在原木堆旁邊一塊沒有積雪的地方，有五個隱族小矮人盤腿圍坐在一起，那是小苔、阿榆、酸不溜、小窗和小槲。小槲下午就來到這裡，而且他跟大家談到人類小孩在學校裡學到的一些東西，包括世界是圓的以及鴨嘴獸仍然存在的事實；前者完全說得過去，但後者讓他們全都難以置信。

在他們小圈子的正中央，擺著一塊已經用營火烤過、持續散發著熱氣的鵝卵石。這是阿榆想出來的點子；只要用這個聰明的方法取暖，他們在天黑之後就不必生火了，不然他們的行蹤可能會曝光。

「大家好，」小秋蹲下來說，「我等一下就得回去了。喔，嗨，你是不是叫做『小槲』，住在我念的那間學校？」

「是。」小槲簡短的回答，小窗一直說服他過來見見某個人類，「好吧，妳對紫杉有什麼了解？」

「紫杉？」小秋帶著困惑的語氣問。

「對，妳出現在預言裡，所以大家認為妳一定聽說過神奇的紫杉。」小槲繼續說。

「什麼預言？」

「『花秋和紫杉將讓它新生再現。』看起來『花秋』指的就是妳，那紫杉在哪裡呢？」

「什麼？」小秋有點惱怒的說，「讓什麼新生再現？」

小苔插進來說：「我們不知道妳真正的名字叫『花秋』，班剛剛才告訴我們的，所以……」

「你是不是以為我的名字叫『瑞秋』？大家都一樣，等我解釋了才懂，不然就是『瑞裘』或『蕾秋』。」

「不，我們只是……」

「我的名字來自一棵樹，一棵神奇的樹，如果這對你們有幫助的話。其實這附近就有一棵，我可以帶你們去看，你們想去嗎？」

「我們很久以前就發現它了，但這沒有太大差別。」阿榆說，「總之，謝謝妳。」

「喔，好吧。我可以問我爸知不知道紫杉的事，或者我可以上網查，但我真的不知道你說的『預言』指的是什麼，對不起。」

「我早就說過了，不是嗎？」小槲對其他隱族小矮人說。

「我只是覺得，她叫做『花秋』似乎太巧了。」小苔的語氣，彷彿這件事已經反覆講過幾百遍了。

「對了，下午過得愉快嗎？」小窗想要換個話題。顯然，小秋對這件事完全不知情，而且他們最不需要的就是爭吵，尤其在經歷過這一切之後。

「太開心了！我們去滑雪橇。我爸說我們都很棒，但其實我才是最厲害的。班衡進雪堆裡，雪都跑進鼻子裡了，結果他大概打了二十個噴嚏，真的好好笑！」

大家都笑了起來，連小槲也笑了。

「對了，我是來跟你們說，如果明天不用上學，我們再來玩雪好不好？如果要上學，可以告訴我你住在哪裡嗎，小槲？我不會告訴別人的，我保證。」

「我住在很高很高的地方，妳看不到的。」小槲直截了當的說。

「喔。」小秋有點吃驚的說。

「別擔心，小秋，我們都沒看過小槲住的地方。」小苔安慰她說。

「嗯，除了我以外。」小窗說。

「對，但你是闖進來的。」小槲說。

接著是一陣尷尬的沉默。最後，酸不溜用手肘推了推小槲，小槲的語氣才稍微放軟。

「好吧，小秋，這樣好了，妳知道遊戲區的那隻烏鶇吧？」

「就是那隻會模仿我們上下課鈴聲的鳥？」

「妳想認識他嗎？如果我交代一下，他會在遊戲時間坐在妳的肩膀上，然後妳可以跟他做朋友，他比我好相處。」

「喔，當然想！我討厭所有鳥和動物那麼怕我。如果可以一個接一個開始認識他們，那真的太棒了！他叫什麼名字？」

「黑黑。」

小秋忍不住咯咯咯笑了起來，小苔和小窗也是。

「這個名字很適合他，我會讓你們知道的！」小槲嚴肅的說，「我不懂為什麼你們都覺得這個名字很好笑，我真的不懂。」

這時，大夥兒聽到後門打開的聲音，然後小秋的爸爸喊著她的名字。

「對不起，我得走了，該吃晚餐了。」她站起來說，「明天見！祝你們有個舒服又溫暖的夜晚！」

組成潘神頭部、肩膀、手臂和腰帶的恆星，連同腰帶下方的星雲，正朝著西南方的天空升起。在楞樹道51號白雪皚皚的花園盡頭、在潘神凝視之下，五個蜷縮著取暖的隱族小矮人，也打算為這一天畫下句點了。

「至少我們努力拯救過野世界，」小苔說，「我們真的有。」

小窗有點擔憂的看過去，但小苔並沒有難過的樣子。那股悲傷感已經過去了，就像雪融化了一樣。

「我們已經盡了最大的努力，」阿榆同意的說，「尤其是我。」

「不管是誰，都只能做到這樣了。」酸不溜說，「我以我們為榮。我們是多麼的合作、勇敢又機智，而且懂得保護彼此的安全，我真的感到很驕傲。」

「你是該感到驕傲，」小槲粗里粗氣的說，「你提醒了我『擁有朋友和信任別人』是什麼感覺。我……我不反對你們在這裡住下去。」

「畢竟，像動物那樣生活也不是一件壞事。」小苔說，「只要享受在野世界裡的時光就好，不管我們還剩下多少時間。」

這時，一個黑暗的身影突然悄悄出現在他們的小圈子邊緣，遮住了天上的星星。他們全都瞪大眼睛僵住了，直到阿榆認出那一對三角形耳朵和一撮白色胸毛，並且大聲叫了出來。

「小暮！我就知道妳會找到我們，我就知道！」

小苔、小窗、阿榆和酸不溜立刻衝上去擁抱他們親愛的狐狸朋友。母狐狸開心的笑，還趴下來讓他們爬到她身上、拉她的鬍鬚；但當小槲羞怯的走上前時，她只是跟這個新朋友碰了碰鼻子，彷彿知道對方曾經受過傷，需要一點自己的空間。

就在這時，「終於見到你們，真是太好了。」一陌生的聲音從黑暗的花園裡傳來，讓小苔的心跳加速。

第二個身影走了出來。他長得大概跟你的手掌差不多高，全身穿著經過精心上蠟、擦亮和交疊排列的葉子，就像披著一套你所能想到最柔軟的盔甲，他的面貌同時展現出非常古老又極為年輕的樣子。

大家都沒有說話。小苔顫抖的握住小窗的手。

「你們不認得我了嗎？」

在寂靜之中，一大片黑雲越過星空，一波新雪又開始飄落了。

「也許你們會認得我的同伴。」那個身影說，然後退到一旁，跟小暮站在一起。小暮似乎一點也不驚訝，只是仔細觀察著此刻發生的事。

這時，黑暗處飄出一縷微亮的白髮，它幾乎隱沒在星光照耀的紛飛雪花中。白髮上方有一頂微微搖晃、用圓錐狀鉛筆刨花做成的帽子，下方有一件飄逸的綠色長袍。

小苔放下小窗的手，往前走了幾步，淚水奪眶而出。

「老雲？真……真的是你嗎？」

「是我。」老雲說，喜悅的眼淚不停從他那深受喜愛且完好無缺的臉龐流下來，「喔，我好想念你們！我真的好想念你們！」

當擁抱和哭泣終於停下來時，那個身穿葉子的小矮人說：「我是『好人羅賓』，我猜你們心裡都很明白。」

小苔無法放開老雲的手，同時也握著小窗的手，阿榆則握著老雲的另一隻手還有酸不溜的手。在重新團聚帶來的激動情緒中，他們微微搖晃的轉過來面對好人羅賓和小暮，只有小槲單獨站在一旁。

「你們有沒有注意到什麼？」好人羅賓面帶微笑的問。

「你是說，除了看見老雲回來嗎？」小苔擦著眼淚說，「我沒有注意到別的！因為這是我現在唯一關心的事。」

「什麼都沒注意到嗎？阿榆，你呢？還有你呢，酸不溜？」

阿榆和酸不溜一臉困惑的看著對方。就在這時，他們突然發現身上消失的部分都重新出現了，就跟老雲一樣。

「消失的地方！全都復原了！」阿榆大喊，「酸不溜，你看我的腳！大家看看我的腳！」

酸不溜伸出一隻手臂，興奮的盯著它看，然後伸出一隻腳，來回扭動，同時低聲說：「我的左半邊回來了！我的左半邊回來了！」

「你呢，小槲？」好人羅賓平靜的說，「你有沒有注意到什麼？」

「沒有。」小槲搖搖頭說。

「你確定嗎？」

「我的心還是沒有復原，」小槲說，「你瞧，我跟他們不一樣。我已經殘廢了，自從失去我的樹以後，我就已經殘廢了。」

「沒有誰永遠是殘廢的，」好人羅賓和藹的說，「除非你自己想要這樣。快過來。」

小槲很勉強的走到好人羅賓身邊，低聲說：「順便告訴你，我不喜歡擁抱。」

好人羅賓用無比溫柔與同情的表情看著他。

「我知道。」

「你要對我施什麼魔法嗎？」

「不是。」

「那你要做什麼？」

好人羅賓深深凝視著小槲的眼睛說：「小槲，紫杉的守護者，我們的族人都愛著你，永永遠遠都是。你也許看起來不同，但你沒有殘廢，你的一切正是原本應該有的樣子。」

小槲試著苦笑，但還是忍不住哭了出來，「可是我……我跟大家不一樣。我不想玩跳橡實、不喜歡打雪仗，也不想跟大家一起住！」

好人羅賓笑了笑，然後又說了一遍：「你的一切正是原本應該有的樣子。你沒有殘廢，你就是你，我們也因為這樣而愛你。大家說對不對？」

當其他同伴都走上前表示同意時，一道全新而纖細的暖流，終於在小槲的胸口擴散開來。

「謝謝你的幫忙，讓我們不會從野世界消失。」小苔羞怯的對好人羅賓說。這時小暮出去尋找獵物了，隱族小矮人都待在地下住宅裡——阿榆正在生火，酸不溜自豪的向老雲和小槲介紹環境，小窗和小苔則在料理大餐，準備慶祝一番。

「喔，我什麼也沒做，」好人羅賓說，「是你們自己辦到的。」

「不，不是的。」小苔說，「我的意思是，我們有試過，但後來出了狀況。我們沒有讓隔壁的花園變得更好——那是我想到的辦法，為的是幫我

們自己找到一份新任務——雖然我們認識了花秋，但沒有找到任何一棵紫杉。你知道的，『花秋和紫杉』，就像預言裡說的那樣？」

「喔，那句話。」好人羅賓眼神發亮的說，「我知道發生什麼事了。讓我們好好享用大餐吧，然後我再解釋給你們聽。」

小苔把一道道餐點端了出來。首先是橡實麵包配堅果醬，接著是煙燻蚱蜢腿、蛹湯（他們只用已經空掉的蛹）、用仙客來花的花瓣裝飾的蜜烤黑刺李，還有阿榆先前存放在「巨大地洞」裡的玫瑰花瓣糕點。老雲製作了滿滿一個蝸牛殼、最美味可口的常春藤漿果甜酒，然後說：「當然，應該要擺上兩個杜鵑夏天，才會愈陳愈香。」接著大家都回答他，有時候就是要喝年份比較新的甜酒——尤其現在大家都很渴，而且十分想念它的滋味。

「好，我聽說你在找一棵紫杉。」好人羅賓最後對阿榆說。

「但沒有成功。」阿榆說，「我想小苔已經告訴你了。」

「在你努力實現預言的時候，小苔和小窗想要用一次改變一個花園的方法來拯救野世界，替隱族小矮人找到新任務，我說得對嗎？」

小苔點了點頭。小窗只說了一句「對不起」然後就低下頭來。

「你做了什麼，酸不溜？」

「我打造了這個新家，而且……試著幫助大家。但你也看得出來，我們還是失敗了。」

「但消失現象逆轉了，老雲也跟你們團聚了，你們覺得這是什麼原因呢？」

「也許是潘神憐憫我們。」阿榆說。

「不是那樣的。」

「那是什麼原因？」小苔問，「請不要告訴我們這只是一件怪事，然後我們可能又會消失，我會受不了的，尤其是我們已經團聚還有了希望。」

「你們已經成功了，你們已經成功為自己創造了一個新任務，這就是原因。你們正在做的事真的十分重要，所以需要留在野世界繼續做下去，你們還不明白嗎？」

除了老雲之外，所有隱族小矮人都困惑的互相對看。

「嗯？」阿榆說。

「呃，我們到底做了什麼？」小苔問。

「我很確定我沒有做什麼有用的事。」小槲說。

「小槲，」好人羅賓說，「你還記得多年前你快要消失，後來有一部分又重新出現的事嗎？」

「記得。」

「那時你救了一隻小烏鶇，替他取了個名字叫做『黑黑』，而且告訴他可以放心的跟人類小孩在一起，所以現在很多人類小孩都注意到他。他們知道他是真實的，就跟他們自己一樣真實。」

「我不懂。」

好人羅賓看著大家說：「隔壁有個人類小男孩，他以前看不到我們的世界，但現在看得到了，甚至開始告訴他姊姊這件事。他知道也打從心底感覺得到我們也很真實，這表示他很關心，而這份關心將會永遠改變他。現在他是我們的盟友，而且永遠都會是，這全是你們的功勞。」

「好人羅賓說得沒錯。」老雲繼續說，「拯救整個野世界對隱族小矮人來說太艱鉅了，或者對任何野生動物來說都是如此。我們的任務是尋找善良的孩子——那些有足夠想像力可以看見我們的孩子，那些非常關心野世界以至於會說野世界暗語、會傾聽我們的孩子。我們可以幫助他們明白，我們的命也是命：隱族小矮人、花園族民、溪流族民、海洋族民、空中族民和地下族民——我們每個生命。那是人類最需要用心體會的一件事，特別是年紀小的人類，因為一旦他們有了這種體會，它就會跟著他們一輩子。」

「但那個預言，」阿榆說，「『梣樹、橡樹和山楂樹挺立在世界之初，花楸和紫杉將讓它新生再現』又怎麼解釋呢？」

「你們差點就猜對了。」好人羅賓笑著說，「花楸和紫杉（yew），其實是『花楸』和『你們（you）』，就是你們這些好朋友。」

「原來是我們！」酸不溜笑著說，「我懂了！」

「我早就知道這個預言在講『花楸』，那個人類小女孩！」小苔得意的說。

「她很重要。」好人羅賓同意的說，「她可以讓你們知道學校裡哪些孩

子很善良，可以放心出現在他們面前——因為不是所有孩子都這樣，甚至不是很多。除此以外，大概再過二十個杜鵑夏天，等她長大以後，她將會為野世界做更多了不起的事，你們等著看吧。」

「你還能告訴我們更多關於未來的事嗎？」小苔問，「比如我們的老花園——它真的會消失嗎？」

「不一定。」好人羅賓回答，「我要為人類說句話：人類只要付出心思，就能創造出意想不到的美妙事物，而且他們經常這麼做。好了，朋友們，我現在該離開了。」

「離開？」老雲驚訝的說，「我以為你會留下來，幫我們想想應該怎麼做？你不能就這樣離開，現在還不行。我們一起走了這麼遠的路才回到這裡！」

「是啊，老朋友，」好人羅賓站起來說，「但野世界裡到處都有隱族小矮人重新出現並且陷入迷惘和困惑之中，所以我必須找到他們，幫助他們了解我們現在的任務是什麼。我得花很多個杜鵑夏天來做這件事，沒有時間可以浪費了。」

「但我還有好多問題！」酸不溜急著說，「潘神的問題、『下一個地方』存不存在的問題，還有……嗯，各種問題！」

「請不要走，好人羅賓。」阿榆說，「我們要從哪裡做起？我們該怎麼辦？」

「你們不需要我，阿榆，」好人羅賓笑著說，「你們已經具備需要用到的所有能力了。小苔，你有希望；小窗，你有愛心；老雲，你有智慧；酸不溜，你有技術；小榭，你有韌性；至於你，阿榆，你有勇氣。你們有個安全的家、一個人類小孩可以當朋友和幫手，還有一整間學校的孩子要去認識。」

「但……老朋友，我們還會再見到你嗎？」老雲問。

「在你們最意想不到的地方尋找我吧。」好人羅賓說，「我無所不在，而且永遠如此。我相信這一點，你們也應該相信。」

就這樣，他們的客人離開了。

這群隱族小矮人一直到深夜都沒睡，他們互相補充經歷過的所有遭遇、為接下來的情況擬定計畫、講笑話（主要是阿榆）和唱歌（小苔，唱得很糟）。像這樣充滿了歡樂、希望和愛的聚會，在野世界裡是很少見的。老雲自豪的向大家展示新入手的沙粒收藏品，小苔不停擁抱每個同伴，小槲一直露出羞澀的微笑，甚至試戴起老雲的帽子，還伸手拍拍阿榆的背。

最後，大夥兒終於開始感到疲倦，小槲也認為自己該回到學校睡覺了，於是他們一起走到白雪皚皚的花園裡跟小槲道別。而此時，小暮在花園陰暗處靜靜等著，準備把他們的朋友安全送回家。

「晚安，小槲！」「明天見！」「小暮，再見！」大家一邊異口同聲的輕輕喊著，一邊不停揮手，直到那隻動作俐落的狐狸和穿著黑衣的小身影從房子之間溜到街上，然後消失無蹤。

然後，大家一個接一個從原木堆裡的祕密小門回到地下的家，直到閃閃發亮的雪地裡只剩下老雲、小窗和小苔。

「小苔，我一直想問問你的春天歌謠。」老雲說，「你最近有沒有寫些什麼？」

「當然有。」小苔自豪的說，「它會講到我們離開人類巢窩以後的所有冒險與遭遇，還有一段哈布人簡史，讓小窗明白我們全都來自同一個族群。」

「喔！你真的寫出來了？為我寫的？」小窗問，然後捏了捏小苔的手。

「嗯，差不多了，」小苔說。他伸手抵住祕密小門，讓老雲和小窗通過，「我還沒有寫完，但它會成為一首好作品，主要是因為『哈布人』這個詞可以對上很多很美的押韻字。」

「真的太棒了。」老雲高興的說。這時通往冬季花園的祕密小門在他們身後關上，「我等不及了，真希望春天快點來，對吧？」

小苔和小窗一邊相視微笑，一邊跟著老朋友走進了舒適的家。

「沒錯，」小苔說，「春天快來吧。」

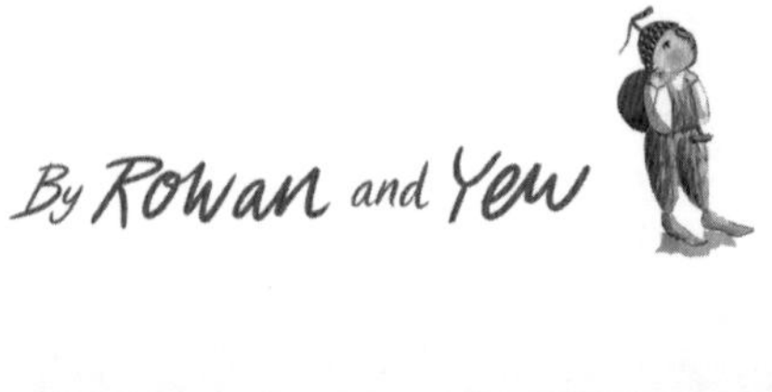

儘管《樹精靈之歌》的故事結束了，
但是小苔、阿榆、老雲、酸不溜、小窗，
還有所有隱族小矮人，依舊生活在野世界。
翻開下一頁，跟著作者一起探索野世界；
最後打開261頁的「觀察野世界」
以及264頁的「野世界大挑戰」，
你有沒有發現這些自然界的祕密呢？

作者的話

這是個關於野生動物神祕世界的故事，這個祕密世界一直都在我們身邊，只是大多數成年人（和許多孩子）都不知道它的存在。

如果你是個懂得觀察的人，就像我一樣，那麼在外面玩的時候可能會找到跟這個祕密世界有關的線索，例如啃咬得很整齊的堅果殼、看起來很有趣的洞穴和小徑、充滿神祕感的鳥糞、泥地或雪地上的腳印。透過這些線索，你可以弄清楚你跟誰共享花園、街道、遊戲場或公園，那些小鄰居都在做什麼、過什麼樣的生活，身上長著羽毛還是皮毛、皮膚溼潤還是帶刺、有著堅硬的外殼還是戴著一頂橡實殼斗帽。有一天，你甚至會很榮幸的向那些動物伸出援手。

但如果你懂得觀察，卻難以相信隱族小矮人的存在——也許是因為

你和朋友從來沒見過他們——那完全沒關係，就連我也是偶然才能隱約看到他們，因為在這好幾百年的時間裡，他們已經練就高超的技巧，無法讓我們觀察到。除此之外，你可能看過一些荒謬漫畫或愚蠢故事在描寫施展魔法的精靈和哥布林、滑稽搞笑的地精，或拍著閃亮翅膀飛來飛去的小仙子，這些說法使你深信這些荒謬生物並不存在。

你是對的。隱族小矮人沒有魔力，也沒有閃閃發亮的翅膀，他們靠狩獵、捕魚和採集野生食物為生，就像野生動物。他們從很久以前就出現在野世界，比人類存在的時間要久，而且在各個不同的地方和國家生活過，但現在的數量少了很多。

過去他們比人類還要多的時候，較常出現在人類面前，所以我們就像幫鳥類、植物、昆蟲等各種生物取名字一樣，也幫他們取了許多名字，例如：隱族、小灰人、精靈、小仙子，或是哥布林、地精、小惡魔、小精靈，他們在英國西南部被稱為「皮克西」（pixie），在古羅馬被稱為「地靈」（Genii locorum），在愛爾蘭被稱為「希」（sidhe），在蘇格蘭被稱為「棕精靈」（brownie），在冰島被稱為「隱身人」（huldufólk），在歐洲及其他地區還有許多名字。但事實上，無論我們使用什麼名字，他們都不是這麼稱呼自己的。

還有一件事，我相信你對蟲魚鳥獸和隱族小矮人或多或少能靠所謂的「野世界暗語」交談不會感到意外。「野世界暗語」是一種在自然界通用的基本語言，每個物種的表達方式或許有點不同，但都能讓其他物種理解，事實上，唯一忘記如何跟野世界溝通的是人類。但我想，多數人其實只是停止傾聽，但可能卻造成了相同的結果。

梅麗莎・哈里森

寫於二〇二一年秋天

致謝

首先感謝巴瑞、瑞秋和Chicken House出版社的所有工作夥伴看見我最初勾勒出來的這個世界，並提供協助，將它化為兩本書呈現在讀者面前。

一如以往，我要感謝我專業的經紀人珍妮・休森（Jenny Hewson）。感謝第一位閱讀這本書的讀者彼得・羅傑斯（Peter Rogers）；感謝喬希・喬治（Josie George）和伊莎貝爾・蔡（Isabel Chua）在取名的部分提供協助；感謝朱爾斯・霍華德（Jules Howard）和蘇・史密斯（Su Smith）分別對水獺和火車提供深入見解；感謝妮可拉・格雷卡（Nicola Guereca）和尼克・雷德曼（Nick Redman）在我最需要的時候提供寧靜的地方讓我寫作。

最後非常感謝已故作家BB的遺產受託人允許我參考其經典著作《小

灰人》（*The Little Grey Men*）裡的人物，我強力推薦大家閱讀這本書及其續集。

觀察野世界

九月

注意周遭是否有動物會把成熟的堅果和水果藏起來，以便在缺乏食物的冬天享用。松鼠和松鴉會埋藏堅果和橡實；田鼠和老鼠會把種子和樹籬長出的果實存放在有空洞的地方，例如空心樹樁。只要漿果和堅果的數量愈多，能熬過冬天的動物就會愈多，所以千萬不要拿走他們的存糧！

十月

這是一年當中，鳥類進行的第二次大遷徙時刻，數十億隻鳥會在全球各地移動。你可能會注意到空中有一群雁，以搖擺的線條或箭頭隊形飛行、看見大批雀鳥從某處遷移到另一處，或者發現從北歐斯堪地那維亞半島一路飛到英國城鎮和鄉村享用漿果的白眉歌鶇、田鶇和太平鳥。

十一月

你家附近最茂密的常春藤植物長在哪裡呢？常春藤經常爬到其他樹木上或者在樹籬裡生長，以便靠著更高大的植物來支撐自己的纏繞莖。成熟的常春藤會在每年這個時候開花，你可能會發現很多帶著美麗黃黑條紋的常春藤蜂圍繞在旁邊，善加利用一年當中最後一個豐富的花蜜來源。

十二月

你有沒有想過鳥類晚上都在哪裡睡覺（棲息）？每到冬天，鳥類經常會擠在一起取暖，尤其是小型鳥類，例如鷦鷯——有個鳥巢箱就曾經躲進六十一隻鷦鷯！你可以注意出現一灘白色鳥糞的地方，通常鳥類就在它上面的細樹枝、枝幹或籬笆柱上棲息過夜。

一月

在泥濘的水坑邊緣或溪流岸邊尋找鳥類和動物的足跡（如果下雪了，你到處都能找到足跡！）你分辨得出來哪些足跡屬於哪些動物，以及那些動物在你不注意的時候，都做了些什麼嗎？別忘了，有些足跡可能是小貓或小狗留下來的。

二月

雪花蓮是春天率先開花的植物，而且會把一整個冬季的能量都儲存在地下球莖中。它們擁有堅韌得足以穿破凍土的綠芽，以及具有防凍作用的特殊化學物質，所以不會被霜雪給凍死。

學習單

野世界大挑戰

——小樹文化編輯部——

為了拯救逐漸消失的族人，小苔、阿榆、老雲、酸不溜，還有小窗，必須找到能看見野世界祕密的人！你是不是隱族小矮人的人類夥伴呢？來看看你觀察到哪些野世界祕密，並且學會保護它吧！

春天的野世界

挑戰1 春天的破曉時分，是鳥兒歌唱的時刻，也是小苔最喜歡的音樂。試著早一點起床，聽聽看公園裡、森林裡，是不是有鳥兒的黎明大合唱呢？記錄下來，牠們的歌聲是什麼模樣呢？

挑戰2 阿榆想要找蚯蚓幫忙翻翻土，讓他輕鬆挖一個可以藏東西的小洞。觀察看看，學校操場裡、公園裡，或是花園裡，找不找得到蚯蚓家族呢？你發現了幾隻蚯蚓？

挑戰3 為了辨別前進的方向，阿榆必須在夜空中找到北極星。請爸爸媽媽帶你到沒有光害的地方看星星吧！找到北極星後，你能不能分辨東、西、南、北各在哪個方向呢？

挑戰4 寂靜的夜晚，小苔、阿榆，還有老雲被貓頭鷹「嗚嗚——」的叫聲吵醒了！其實春夏之際，夜晚還能聽到台灣夜鷹的可愛叫聲，仔細聽聽看，你家附近有沒有台灣夜鷹呢？牠們的叫聲聽起來像什麼呢？

聽聽看台灣夜鷹的叫聲。

夏天的野世界

挑戰1 夏天的傍晚，燕子會在天空中呼嘯飛過，捕食飛舞的昆蟲。跟老雲一起找找看，你家附近有燕子嗎？牠們搭蓋的燕子窩又在哪裡呢？窩裡是不是已經有小燕子了呢？

看看台灣有哪些燕科鳥類。

挑戰2 夏天的白日，公園裡、學校裡、森林中，都有熱鬧的蟬鳴。酸不溜想要請你幫忙仔細聽看看、數數看，這個夏天，你聽見幾隻蟬在大聲歌唱呢？有沒有幸運的看見蟬蛻呢？

聽聽看蟬鳴的聲音。

挑戰3 除了白天愛唱歌的蟬，夜晚的青蛙家族也不甘示弱，在池塘邊大合唱。阿榆想要找青蛙家族來參加夏日派對，你家附近有青蛙家族在合唱嗎？幫阿榆找看看牠們都躲在哪裡吧！

聽聽看青蛙家族的歌聲吧！

挑戰4 夏季的時候，也是許多夏候鳥來拜訪的時刻！在台灣，常見的夏候鳥有燕鴴、黃頭鷺等，酸不溜想知道你有沒有看過夏候鳥呢？記錄下來你看過哪些夏候鳥吧！

台灣有哪些夏候鳥呢？

秋天的野世界

挑戰1 秋天的夜晚可以看見「潘神」在天空中保佑著大地的生物。其實隱族小矮人所說的潘神就是「獵戶座」，找個光害少、視野遼闊的地方，仔細看看美麗的夜空，你有沒有找到「獵戶座」呢？

你知道獵戶座長什麼樣子嗎？

挑戰2 秋天的時候，台灣欒樹會開漂亮的黃色小花。其實台灣欒樹在每一個季節會呈現不同顏色，從春天的翠綠色、夏天的濃綠色、秋天的黃色小花，到冬天樹上會覆滿嫩紅色的蒴果。小窗想問，你家附近有沒有台灣欒樹呢？它們開花了嗎？

看看台灣欒樹美麗的樣貌。

挑戰3 小苔弄丟了橡實殼斗帽！到森林裡散步時，記得注意腳底下有沒有殼斗科植物的果實，它們是不是有彷彿帽子般的殼斗呢？台灣有哪些殼斗植物呢？

一起來認識台灣的殼斗科家族。

冬天的野世界

挑戰 1 夏天的時候我們提到了「夏候鳥」，而到了冬天，我們可以觀察到「冬候鳥」。台灣冬天氣候比較溫暖，因此有許多高緯度地區來的「空中族民」會前來拜訪，像是小水鴨、黑面琵鷺等等。小窗想知道，你有看過哪些在台灣過冬的冬候鳥呢？

台灣有哪些冬候鳥呢？

挑戰 2 冬天的野世界還是找得到美麗的花朵喔！其實有許多植物在寒冷的天氣中依舊會開花。你知道台灣有哪些植物會在冬天開花嗎？幫老雲找找看吧！

挑戰 3 積水的泥濘林道、沙灘、雪地等等地方，有機會看見動物留下來的腳印。你有看過動物的足跡嗎？如果看到了，酸不溜想請你在腳印旁放個隨身小物品（例如硬幣）並且拍個照，這個腳印是誰留下來的呢？

保護野世界，你可以怎麼做？

1. 到山區或是自然動物較常出沒的地方時，記得提醒爸爸媽媽降低開車速度、注意路上是否有小動物經過，讓牠們也能安全穿越馬路。

2. 到戶外踏青時，記得不要餵食野生動物，並且將自己製造的垃圾帶回家丟棄，讓自然生物有乾淨的生存環境！當然，你也可以隨身攜帶垃圾袋，帶走被丟棄在戶外的人類垃圾喔！

3. 如果你有寵物家人，帶牠們出門散步時，請牽好手上的牽繩，除了避免嚇到野世界的動物夥伴，也可以防止家中的貓與狗或是其他寵物，與野生動物起衝突。

想想看，還可以怎麼做，才能保護野世界呢？寫下來並且跟爸爸媽媽、同學、好朋友一起討論看看吧！

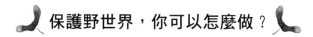

隱族小矮人的冒險路程

公園
小路與
小塔的
人類巢窩
椮樹道